Dei Lüd vun Wangelin

Friedrich Wasmund, am 19. Juni 1913 in Krakow am See (Mecklenburg) geboren und dort auch aufgewachsen, lebt heute als freier Schriftsteller in Bremen. Er hat sich mit niederdeutschen Vorträgen und zahlreichen Veröffentlichungen in mehreren Tageszeitungen sowie Radio Bremen bereits einen Namen gemacht. Mit "Dei Lüd vun Wangelin" erscheint Wasmunds erstes plattdeutsches Buch.

Illustrationen von Jürgen Pieplow.
Druck: Heider Offsetdruckerei, Pingel.
Einband: Werkstatt für Behinderte, Meldorf.
Printed in Germany.
ISBN 3-88089-031-5

Friedrich Wasmund

Dei Lüd vun Wangelin

Dithmarscher Presse-Dienst Verlag
Heide

Kennt ji Wangelin? Ji kennt Wangelin nich? Dor bün ick öwer verwunnert. Wangelin liggt namlich midden in dat Paradies. In dat Paradies, vun dat Fritzing Reuter in sine "Schöpfungsgeschichten vun Mecklenburg" vertellt. Jüst twischen Serrahn an'n Krakowschen See un Jabel an'n Kölpinsee.
Wangelin is en grood Karkdörp. Dei Kark steiht midden in. Un dei Landstraat fürt an beide Sieden üm dei Kark herüm, so dat sei dei Middelpunkt vun dat langstreckt Oval is. An dei Sieden vun dit Oval liggt dat Pasturat, wo tau dei Tied, as düsse Geschichten passierten, Pastur Stolzenburg sin Wanung hadd. Dorneeben leeg dat Schaulhus, dei Aftheik un dei Fleegenkroog. Dei Aftheiker heit Korl Klempin un dei Wirt vun'n Fleegenkroog wier 'ne Fru, Trine Kreihhahn. An dei anner Sied vun dat Oval liggen Buernhöff. Dei vun Fritz Grabow, vun Hannes Brathering un vun Gustav Pogge. 'Nen beeten wierer rut, an dei Straat na Nossentin un Jabel, geiht dei Kastanenallee na Willem Pagel sinen Hoff.

Wangelin hadd dormals fiefhunnerttweiunnegendig Inwaaners, wobi dei Pastur, dei Lierer un dei Aftheiker all mittellt sünd. Dei Lüd vun Wangelin stammen all vun dei iersten Minschen aw, vun dei in dei Schöpfungsgeschicht schreewen steiht, dat dei "Leiwe Gott" sei maakt hadd.
Öwer ook dei Düwel hadd sine Pooten dorin. Hei versöcht, den "Leiwen Gott" dat nataumaken. Wat dorbi rutkamen is, is jo bekannt: Luder Mul- un Zieraapen. Blot, as nu dei "Leiw' Gott" seeg, wat dei Düwel anricht hadd, dacht hei: So

kannst sei nich rümlopen laten. Hei neem 'nen Mul vull Hilligen Geist un pust sei orrig an. Siet dei Tied hewt dei Lüd in dei Ogen so'n eigenordig Glittern. Un dei, dei em den Achterkopp wiest hewt, as hei öwer sei wegpusten deed, hewt all wat achter dei Uren. Fustdick. Dat is twors nich tau seihn, öwer dor is dat.
Un dei Lüd vun Wangelin, as Nakamen vun dei iersten Minschen, hewt dat bit hüt beholn.
Üm jug dat nu tau vertelln, as dat in Wangelin taugüng, will ick man ein Joor rutgriepen, süßt ward dat tauveel. Un dor dat Joor in'n Jenner anfangt, fang ick ook in'n Jenner an.

Dei Winter weer kold dat Joor. Bannig kold. Dördig Grad ünner Null wiern all meeten word'n. Un dei Aftheiker seed: Dat ward noch köller. Öwer köller würd dat nich. In' Gegendeil: Statt dei Küll keem dei Schnei. Dat schniete twei Weeken unünnerbroken, so dat dei Schnei woll einen Meter hoch tau liggen keem. Dei Buern hadden alle Hänn' vull tau daun, dat Wangelin nich inschniete. Sei hölen dei Straat na Serrahn hentau frei. Un dei Serrahner den Weg üm den Krakowschen See herüm na Krakow.
An einen Morgen spannte Willem Pagel sinen Brunen vör den Sleeden, fürte ierstmal na'n Fleegenkroog, köffte sick dor 'ne Buddel mit Kööm, "Konrad Lehmentschen" natürlich, un zuckelte dei Landstraat na Serrahn un vun dor na Krakow daal. In Krakow waante dei Swienupköper Hans Niemann. An den verköffte Willem, dei vun alle Lüd Unkel Willem raapen würd, sine Swiene. Un Unkel Willem hadd ümmer Swiene tau

verköpen, wat dorvun keem, dat hei woll an dei dreihunnert Stück dorvun hadd. Dat geew Lüd, dei seeden "Swienefürst" tau em, öwer Willem maakte dat nix ut.
Hei griente blot, as hei dat hürte. Hei seed: Dei Swiene bring' mi wat in. Mier as dei Pierd, up dei sick Buern hier in Wangelin smeeten hewt.
An düssen Dag nu, as Unkel Willem na Krakow fürte, wier dat ümmer noch so kold, so dat dei Buddel, dei hei sick bi Trine köfft hadd, lerrig wier, as hei in Krakow ankeem. Hei hadd den Kööm Schluck för Schluck utnuggelt. Un as dei Buddel lerrig wier, wier Unkel Willem vull.
Hei hannelte mit Hans Niemann, un as dei Hannel awslaten wier, würd dei Hannel begaaten, un Unkel Willem wier noch vuller. Mit twei Mannslüd börten sei Willem up'n Sleeden, un dei Brune zuckelte werrer mit em aw.
Öwer an düssen Namiddag hadd dei Wind sick dreiht. Dat wier nich mier so kold, öwer dorför füng dat an tau störmen. Dat weihte so gräsig, dat dei Schnei tau Barge tausamen weihte. Nu, bet achter Serrahn güng dat jo noch ganz gaud. Öwer dornaa wieren dei Schneibarge so uptürmt, dat Willems Sleeden ümkippte. Dei Brune reet sick los un beeste in slanken Draw na Hus in sinen Stall an dei Fauderkrüw.
Un Unkel Willem dacht, as hei dor nu in'n Schnei leeg: Hier bliew ick liggen, hier ligg ick gaud, laat den Zossen man lopen.
As nu dei Brune an dei Fauderkrüw stünn, keem Hanning Pagel, Willems Inkel, mit wecken tausamen Willem den Hoff bewirtschaften deed. Hei kratzte sick achter dei Uren un öwerleggte

sick dat, wo nu woll sin "Unkel" awbleewen sien künn. I, dacht hei, Unkel Willem ward woll noch bi Trine Kreihhahn inkiert sien. Un denn füng hei an, den Brunen awtoriewen un nahsten geew hei em 'ne gaude Portschon Hawer tau freeten. Dei Tied vergüng. Hanning würd unrauhig. Dat helpt all nix, seed hei tau'n Brunen, du möst noch mal rut, wi möten Willem sööken.
Hei sett' sick denn jo ook up den Zossen un reed ierstmal na'n Fleegenkroog. Öwer dor wier Willem nich. Dei Aftheiker, dei tausamen mit Pastur Stolzenburg an'n Stammdisch seet, seed: "Dien 'Unkel' wier doch hüt in Krakow. An'n Enn is hei ümkippt un liggt in' Schnei. Ried du man den Weg na Serrahn hentau. Du wardst em woll finnen."
Hanning deed dat denn ook. Hei drawte dei Landstraat hendaal. Dei Wulken hadden sick vertreckt un dei Mand schiente. So duerte dat denn jo ook nich lang, dor hadd Hanning Unkel Willem funnen. Hei wier all en beeten stieffruren, so dat Hanning Möh hadd, em ut'n Schnei tau buddeln un em vör sick up'n Brunen tau börn. Öwer hei kreeg dat fardig. Denn sett hei sick sülwst in' Saddel un drawte werrer trügg na Wangelin.
Bi dei Kark dröp Hanning up Mudder Harms. Sei wier dei, dei in Wangelin dei Kinner haalte un dei Doden wüsch, bevör sei er 'nen Dodenhemd antrööök. Sei frög Hanning: "Is hei dood?"
"Ick weit nich", seed Hanning, "stief naug is hei jo."
"Ick kaam hen un help di", anter Mudder Harms, verschwünn in er Hus, greep na dei Utensilien, packte en Dodenhemd dortau un lööp achter Han-

ning an. Hanning hadd indüssen Willem neeben den Hierd leggt, hadd Füer maakt un wier in' Stall gaan, üm den Brunen nocheins awtauriewen, dormit hei sick nich verköölte.
Mudder Harms keem denn jo ook in dei Köök, wo Unkel Willem neeben den Hierd leeg, süfzte, keek em sick neeger an, dacht bi sick: So fixing kann't gaan, hei is bannig blaagfrurn, süht ut as'n Rotkool. Un denn wüsch sei em un trööök em'n Dodenhemd öwer. Dorna güng sei tau Hanning in' Stall un seed, dat sei den Pastur haalen wull, dei Willem inseegen süll.
Hanning nickköppte, schnuwte sick mit Dumen un Wiesfinger dei Näs, schüttelte sinen Kopp un wischte sick verstaalen mit den Armel vun'n Ruck öwer dei Ogen. "Is gaud", seed hei, "ick töw hier in' Stall, bit dei Pastur kümmt."
Dat duerte denn woll noch 'ne gaude halwe Stunn', bit dei Pastur, tausamen mit den Aftheiker un Mudder Harms in dei Köök bi Unkel Willem ankeemen. Gliek an dei Döör bleewen sei tämlich dösbaddelig staan. Sei trugten er Ogen nich. Denn Unkel Willem leeg nich mier neeben den Hierd. Hei stünn dorvör. Hei hadd in dei ein Hand den Waderkeetel un in dei anner 'ne Buddel mit Rum. Hei wier grad dorbi, sick en deegten Grog uptaugeiten.
"Wullt ji ein' mitsuupen?"
Willem keek den Pastur un den Aftheiker an, as wenn hei seggen wull: Wat maakt ji denn tau Nachtslaapentied bi mi in dei Köök?
Dei Aftheiker, Korl Klempin, faate sick tauierst: "Willem", seed hei un kneep dei Ogen tausamen, "du möst di wat öwer de Fööt trecken. Du geihst

barfaut. Du kannst di jo den Dood haalen!"
Pastur Stolzenburg öwer towte: "Dat is ja woll nich tau glöwen. Dor kaam ick her, üm en'n Dooden intauseegen, un wat finn ick? 'Nen störrschen Buern, dei nich mal vör den Dood Respekt hett!"
"Ach, du dachst, ick wier dood?" Unkel Willem lachte ludhals. "Deit di dat leed, Preister?"
Dei Aftheiker griente: "Dat süht di mal werrer ähnlich, Willem. Wi dachten worraftig, dat du dood wierst. Un dorbi steihst du dor un süpst di ein'."
Un Mudder Harms seed: "Man gaud, dat du werrer updugt büst, Willem."
Hanning keek ook in dei Kökendöör. Hei hadd dat Lachen hürt, hadd sick bannig wunnert un wier anloopen kaamen. As hei nu sinen Unkel seeg, seed hei: "Besuup di nich. Dei Söög hett Farken kreegen. Acht Stück. Wi möten gliek na er kieken."
Unkel Willem nickköppte. "Ja, ja", seed hei, "dat Leiwen geiht wierer." Hei keek sei all dei Reig na an. Bi Pastur Stolzenburg bleew sin Blick hangen. "Du sühst, Pastur, du möst dine Beardigungspredigt noch verschuwen. Dat hett noch en beeten Tied. Un nu maak noch so'n Gesicht, as wenn di dei Petersilie verhagelt is. Freu di. Nu heßt du noch en Schaap mier in dine Gemeinde."
Dei Pastur futerte: "Du lästerst, Willem Pagel!"
"Dat dau ick nich", seed Willem iernst. "So, un nu helpt mi ut dit gräsige Hemd rut. Dat kratzt!"

*

As dei Winter vörbi wier, un dei Sünn lichter un warmer schiente, güng dat Leiwen in Wangelin ierst so richtig los. Dei Buern wiern up dei Felders, plögten, eggten un seihten, dat dat man so'n Ort hadd. Dei Winter mit sine langen, düsteren Dage wier vergeeten. Blot en Saak hadd sick öwer dei Dage teet: Dei Twist twischen den Pastur un Unkel Willem. Wo sei sick seegen, muulten sei sick an. Un dor Unkel Willem siet sine Konfirmatschon nich in dei Kark weest wier, hadd dei Pastur ümmer fix 'nen Grund funnen, üm tau räsoniern. Awseihn dorvun, seeten sei tausamen in den Fleegenkroog an' Stammdisch, öwer den stünn an dei Wand hübsching upmaalt: Hier sitten ümmer dei, dei ümmer hier sitten.

As nu eines Morgens Pastur Stolzenburg in dei Gaststuw keem, seet Unkel Willem all dor un hadd en Bier un 'nen Kurn vör sick staan.
"Willem, Willem", seed dei Pastur un vertröök dat Gesicht, "dat ward noch eins 'nen leeg Enn' mit di neemen. Möst du denn so fröh an Morgen all Schnaps suupen?"
"Lat man, Preister", seed Willem, "du leewst vun Gotts Wurt, ick vun Eten un Drinken."
"Wat weißt du vun Gotts Wurt", futerte dei Pastur los, "du kennst jo nich mal uns' Kark vun binnen."
"Dat kann sick ännern", anter Willem, "dat liggt jo nich blot an mi allein."
"Wat is denn dat nu werrer för'n Schnack?" Pastur Stolzenburg seeg Willem mißtrugsch an.
"Oh", anter Willem, "dat is en Geschäft up Gegensiedigkeit. Ick seih dat so: Ick help di, dine

Kark vull tau kriegen, un du helpst mi, en poor Buddeln lerrig tau maaken. Ick hew di dat jo all öfter eins anbaaden."
"Du dinkst doch woll nich doran, dat ick mit di üm dei Wedd suupen sall, Willem Pagel?"
Unkel Willem griente hinnerhöldig. "Wenn du mit mi süpst, gaa ick in de Kark."
Pastur Stolzenburgs Gesicht lööp rod an. "Das ist Erpressung, Willem Pagel", schreeg hei. Hei wier bannig fünsch, dei Preister.
Willem högte sick wat. "So ans möst du dat nich seihn, Pastur. Ick mein man blot: Wenn ick mine Swiene in'n Stall hebben will, krieg ick sei ook rin. Jeder Minsch möt sin Handwark verstaan, wenn hei bestaan will. Un dat wißt du doch ook?"
"Du meinst", seed dei Pastur naadinklich, "du höllst dine Hierd' tausamen, un mine Kark is lerrig?" Willem griente. "So ähnlich."
"Wenn du in die Kirche kommst, Willem Pagel", sinnierte dei Pastur up Hochdütsch, "dann kommen die andern von selbst?"
"Du seggst dat." Unkel Willem keek em ganz tautruulich an. De Pastur wier ümmer noch nadinklich. "Sei kamen nich", seed hei denn trurig, "sei gaan up dei Felders un arbeiden. Ook sünndags." Willem geew em Recht. "Dat is nu mal so, Pastur, Land un Veih gaan vör."
"Das ist Sünde", rööp Pastur Stolzenburg argerlich.
"Tünkram", seed Willem, "jeder möt daun, wat hei daun möt. Un wenn einer deiht, wat hei deiht, kann hei nich mier daun, as hei deiht. Du maakst dor kein Utnaam. Du möst jo ook wat daun. Sünndags, mein ick, up dei Kanzel."

"Dat is denn öwer doch wat anners." Dei Pastur würd ümmer fünscher un keek Willem an, as wenn hei em upfreeten wull. "Also gaut", geew hei denn na, "ick ward hüt awend ein'n mit di supen. Ünner ein Bedingung: Du büst Sünndag in dei Kark."
"Dat versteiht sick, Pastur", seed Willem, "un denk di mal - wat ut, wat nich so trurig is. Dei Minschen wulln wat taun lachen hebben."
"In meiner Kirche wird nicht gelacht!" Stolzenburg stünn up, seeg Willem verbiestert an, öwer in düssen Gesicht fünd hei nix, wat up verhahnepiepeln düte. Un denn schreeg hei:
"Trine! Betaalen!"
Hei smeet en Geldstück up'n Disch un suste ut dei Döör.
As dat düster würd, wier hei werrer dor. Unkel Willem ook. Sei söpen beid, as wenn dat üm 'nen ganzen Buernhoff güng. Ümmer wenn Willem en grood Glas Bier drünk, sööp dei Pastur en Viertel "Roden". Dat güng 'ne ganze Wiel gaut. Bit dei Pastur ünnern Disch leeg. Un Willem hadd ook naug. Öwer hei kunn noch uprecht staan. Hei köffte för sick un för den Preister twei Daschenbuddeln Kööm, steckte sine in'e Rockdasch un den Pastur sine steckte hei in düssen achtere Büxendasch. Dorhen, wo süßt dei Breifdasch rinkeem. Dat wier en beeten besworlich. Willem müßt ierst den Preister ünnern Disch vörtrekken, em öwer en Staul leggen, so dat dei Kopp un dei Arms up en Sied un dei Bein un dei Hinnerste up dei anner Sied tau hängen keemen. Dunn ierst güng dat. Dorna stemmte Willem den Pastur hoch. As hei stünn, güng dat ook ganz gaud.

Blot vör dei Döör seeten sei beid noch eins up'n Hinnersten, rappelten sick up un drawten beid dei Dörpstraat hendaal.
Bi dat Pasturat treckte Willem an den Klingeltoch, hürte dat Bimmeln, sett' den Preister an' Döörposten, un denn maakte hei, dat hei wegkeem. Mit Malwine, den Pastur sine Hushöllerin, wull hei nix tau daun hebben. Dei wier em tau vörluud, as hei ümmer seed.
An' Awend dorna seet Willem tausamen mit den Aftheiker werrer bi Trine Kreihhahn in' Fleegenkroog. Sei hadd 'nen Bier un 'nen Kööm vör sick staan, as dei Preister rinkeem.
"Gauden Awend, Willem", seed Pastur Stolzenburg, "du büst - as mine Hushöllerin seggt - dei Düwel in Person."
"Worüm denn dat", wunnerte sick Willem, "wegen güstern awend? Dat güng doch ganz rejell tau."
"Sei is mi wegloopen", anter Stolzenburg trurig.
"Wer? Malwine? Malwine Badekow?" Unkel Willem wier worraftig ganz verbiestert.
Dei Pastur nickköppte. "Sei meinte: Dei Traditschon wier nu weg. Dei Pastur vun Wangelin wier noch nie nich besaapen. Dit wier dat ierste Mal, solang sei denken künn." Willem griente. "Dat verstaa ick nich", meen hei, "woans güng dat denn tau?"
"As du gaan wierst, güstern awend", vertellte dei Pastur, "hew ick mi dacht, huffentlich hett Malwine dat Bimmeln nich hürt. Ick rappelte mi up, hew minen Husschlötel ut dei Büxendasch rutkraamt, un hew dei Husdöör upslaaten. Dat wier gornich so licht. Un an dei Trepp hew ick

mine Schau uttreckt, dormit ick lies' dei Stuffen hochgaa, üm Malwine nich uptauwecken. Dat wier noch sworer. Denn hew ick mi rupsleeken un hew mi in min Schlaapstuw uttreckt. Un dorbi hew ick markt, dat min Hinnerste ganz blöödig wier. Ick güng in dei gaude Stuw, stellte mi vör den Steihspeigel un seeg denn jo ook dat Mallür. Öwerall Splitters vun'e Taschenbuddel. Wat süll ick maaken? Ick haalte mi Leukoplast un hew dei Löcker taubackt. Hüt morgen fraagt mi doch Malwine, ob ick woll besaapen weest wier, güstern awend. Nee, seed ick, keen Spur nich. So, seed sei, un woans kümmt dat denn woll, dat dei Schau ünnen an dei Trepp staan? I, seed ick, dat wier en beeten laat, un ick wull di nich stürn, Malwine. Na gaud, futerte sei, dat mag jo noch angaan, öwer dat dei Pastur vun Wangelin midden in dei Nacht den Steihspeigel mit Leukoplaststriepen bekleewt, dat geiht tau wiet. Dat kann blot 'nen Kierl maaken, dei stinkbesaapen weest is!"
Dei Aftheiker un Willem kickerten. Sei hewt den Preister an düssen Awend noch ein'n inböört, dei nich vun leegen Öllern wier. Sei bröchten em werrer na Hus. Ditmal in en Schuwkoor. Un ditmal bröchten sei em igenhännig in't Beed. Malwine keem öwrigens twei Weeken later werrer in dat Pfarrhus trüch. Sei meinte, dat dat ümmer noch beder wier, up en versaapen Pastur uptaupassen, as up er Schwesterkinner.

*

Dat Willem den Pastur ünner den Disch saapen

hadd, hadd sick bannig fix in Wangelin rümspraaken. Un ook, dat Willem in dei Kark gaan wull, an'n Sünndag. Sei neemen sick vör, ook hentaugaan. Dat möten wi seihn, seeden sei un högten sick wat.
Un denn keem jo ook dei Sünndag.
As dei Pastur, ganz vuller Würd, in dei Kark keem, bleew hei glieks an dei Döör staan. Hei wier baff. Sin Kark wier vull. Sine Ogen söchten Willem, dei dicht ünner dei Kanzel seet. As Stolzenburg na den Altar güng, nickte hei Unkel Willem tau un griente en beeten. Willem bleew ganz iernst. Un denn speelte dei Orgel, dei Gemeinde süng, dat dat man so'ne Ort hadd. Dei Pastur leeste ut Mathäi Föftein "Dei Spiesung vun dei Vierdusend". Un dorna güng hei up dei Kanzel un verposematuckelte nu dei Lüd, wat dat för 'nen Wunner weest wier. Pastur Stolzenburg schnackte sick so richtig in Foort. Un ümmer schuulte hei na Willem, as trugte hei em nich. Öwer Willem seet dor un hürte ganz nipp tau. Un denn verspröök sick Pastur Stolzenburg. "Mit viertausend Broten und ein paar Fischen speiste er sieben Mann, ausgenommen Frauen und Kinder."
Hei keek öwer sine Gemeinde henweg, un sine Ogen bleewen an Unkel Willems Gesicht hangen. Un Willem seed ganz luud, so dat alle Lüd in dei Kark dat hürn künn': "Dat kann ick ook."
Dei Preister wier baff. Un dei Lüd verkneepen sick dat Lachen.
"Willem Pagel", seed dei Pastur argerlich, "das ist Gotteslästerung. Du solltest wieder zu deinen Schweinen zurückkehren."

"Dat maak ick", rööp Willem, "un du töw man, bit din söben Mannslüd dei vierdusend Broode upfreeten hewt. Dat duert sin Tied."
Willem stünn up un güng. Dat wier dat ierste Mal, dat dei Wangeliners in er Kark lacht hewt.

*

In Wangelin hadd dei Lüd er egen Ort, sick mit dei Obrigkeit utenanner tau setten, dei tau düsse Tied gliekbedüdend wier mit den Adel. Un vun Adel hadd sei in dei Gegend naug. Dat wier jo ook kein Wunner, denn dei, dei dor baben sitten, hewt all ümmer 'ne Näs dorför hadd, wo dat an scheunsten wier. Un üm Wangelin rüm wier dat scheun. Dor wiern dei Wälder, dei Seen, dei Wischen, dei Muure, dei lütten Barge. Nee, scheuner künn dat up dei ganze wiede Welt nich sien. So waanten up "Burg Schlitz" dei Grafen Hahn, in Serrahn dei Prinzen Reuß, in Niesamit dei Grafen Recke. En poor vun dei annern Rieken hadden sick dor ook inköfft: Dobbin hürte dei Deterdings tau, dei vun dei Shell-Öl. Bellin hürte en'n Slomann, dei Salpeter ut Chile haalte. Up Glawe seet en Landrat vun Böhl, un so güng dat wierer, rundüm Wangelin rüm. Blot in Wangelin sülwst künn sick keiner vun düsse fienen Lüd daallaaten. Dei Buern passten up as dei Scheithunnen. Verköfft würd nix. Dei Buern höölen tausaamen, wenn't mal einen vun er leeg güng. Un wenn sei enen vun dor baben wat utwischen künnt, deeden sei dat mit veel Vergnögen. Unkel Willem wier dor kein Utnaam. Hei hadd sin ganz besunner Verhöltnis tau dei

Fienen. Blot einer vun düsse "Vun un Tau" wier em recht: De Baron vun Örtzen. Em kunn Willem gaud lieden.
Dei Baron hadd 'nen Rönnstall. Woll an dei dördig Pierd, dei hei in Berlin, in Baden-Baden un ook in Doberan lopen löt un dei em bannig veel Geld inbröchten. Örtzen hadd 'nen richtigen Spleen: Pierd wiern em leiwer as Minschen. Un wat noch hentaukeem, wier, dat dei Baron platt schnackte. Grad so, as dei Buern in Wangelin. Dat maakte em minschlicher.
En Dags keem nu dei Baron na Wangelin. Hei hadd so en schniegelden un glatten Aap vun Kierl neeben sick, as hei up en tweirödrig Koor in't Dörp rinsuust keem. Vör dei Koor lööp en Pierd, dat man blot en lütten Kopp hadd, un Fessel so small, as vun 'ne lütte Diern. Dei Gaul wier all gaud antaukieken. Öwer dei schniegelt Kierl, den dei Baron mitbröcht, deed so öwerhewlich, dat Willem Pagel dacht, as hei em seeg: Dat is einer vun dei, dei ganz baben sünd. Kann öwer ook sien, dat hei blot so deiht. Un wenn hei blot so deiht, ward ick em up dei Ierd trüch haalen.
Un as nu dei Baron vun Örtzen vör den Fleegenkroog anhööl un vun' Buck sprüng, keem Willem tau em ran un seed: "Gauden Dag, Baron, wat heßt du uns dor denn mitbröcht? Schnackt hei platt?"
Dei Baron lachte un geew Willem dei Hand: "Gauden Dag ook, Willem. Nee. Hei schnackt nich platt. Hei is 'nen Vedder vun mi. Hei hett ook en Rönnstall. Dat heit, hei hett en poor Pierd bi mi in'n Stall staan. Hei will sick ümkieken na en orer twei niege Pierd."

"Dat sall hei man daun", seed Willem, "man blot: Hei süht ut, as wenn hei keen Pierd vun 'nen Mulesel ünnerschieden kann. Is hei bi dei Regierung? Hei süht so awlickt ut, as wenn em dei Bull lickt hett. Un so öwerkandidelt, as wenn hei up'n Mand lewt un nu vun baben up uns rünnerkickt. Hett hei ook en Namen?"
"Hei heit Storch", antwurt dei Baron.
"Ach, einer vun dei", griente Willem, "dei kenn ick. Min Mudding hett Pogge heiten. Un dat wier all ümmer so, dat dei Störch dei Poggen freeten hewt. Na ja, denn kaamt man ierstmal in den Kroog, laat uns man ierst ein'n suupen."
Un so keem dei hochnäsige Storch tausaamen mit Willem Pagel un Baron vun Örtzen an den Stammdisch tau sitten. Sei ünnerhöölen sick öwer dei ganze Welt un öwer Pierd.

Na twei Stunnen seeten sei ümmer noch dor. Blot dei Storch künn nu nich mier so klappern, as vörhen. Hei hööl sinen Kopp ook nich mier so hoch. Un klappern? Sin Tung wier woll all 'nen beeten swor word'n. Hei lallte blot noch. Un as denn ook noch dei Aftheiker keem un noch en poor utgeew, würd dat noch leeger. Storch sine Ogen würden glasig utseihn. Hei keek Willem ümmertau an, as wenn hei wat up'n Hardn hadd. Un denn fröög hei: "Haben Sie auch Rennpferde im Stall?" Dat heit, so hürte sick dat nich an. Mier so: "Haaa-haaa-ben Sssie auch Rennpferde im St-st-stall?"
"Nee", griente Willem, "ick hew blot Swiene, öwer dei können ook rönnen. Dei sünd ierer an't Ziel as Sei er Kleppers."

"Na, na, na", seed vun Örtzen, "Willem, dat heßt du doch woll blot so henseggt?"
"Dat gelt", seed Willem un keek Örtzen so swienplietsch an, dat dei Baron glöwte, dat Willem sick an Enn' doch woll blot 'nen Jux maakte.
"Öwersett em", seed Willem, "ick hew seggt, dat mine Swiene en Rönnen gegen sine twei besten Schinners winnen."
"Willem", seed dei Baron, "wenn du dat fardig kriegst, kriegst du vun mi twei sößjärige Wallache. Dat is mi dat wiert."
"Was sssagt der Mann?" Storch keek Örtzen mit glasigöwerkrüzte Ogen dammlich an.
Dei Aftheiker Klempin rutschte unrauhig up sinen Staul hen un her. "Ein' Ogenblick noch", rööp hei, "Willem, maak di ni unglücklich. Dei Wedd kannst du nich winnen. Büst du nich ganz kloor in'n Kopp? Swiene gegen Pierd! Du heßt tau veel saapen!"
"Ick weit, wat ick segg", lachte Willem, "maak dat man kloor, Baron. Wi können dat jo ook noch en beeten präzisiern: Mine Swiene gegen Storch sine twei besten Rönners. Un dat Rönnen kann in twei Weeken losgaan. Vun minen Hoff dei Kastanenallee daal bit an de Chaussee. Dat sünd so an dei sößhunnert Meter. Wenn hei will, bün ick dormit inverstaan." Örtzen kneep sine Ogen tausamen. "Du heßt di doch all wat dorbi dacht, Willem? Ick tru' di nich. Öwer wenn min Vedder dat so will, denn man tau."
Hei keek nu den Aftheiker listig an un as in düssen Ogenblick ook noch Pastur Stolzenburg in dei Gaststuw keem, seed vun Örtzen: "Guten Tag, Herr Pastor. Sie kommen gerade zurecht, um

Zeuge einer nicht ganz alltäglichen Wette zu werden. Setzen Sie sich zu uns."
Dei Pastur keek en beeten dwalsch, denn hei verstünn gornix nich. Öwer hei hürte nipp tau, as Örtzen tau sinen Vedder seed: "Willem Pagel bietet dir eine Wette an. Er sagt, daß seine Schweine schneller sind als deine zwei besten Rennpferde. Das heißt: Er sagte nicht Pferde, sondern Schinder!"
Storch plierte mit sine glasigen Ogen, as hadd hei nich richtig hürt. Un denn lachte hei los. Nee, hei grölte: "Die Wette hat er schon jetzt verloren. Ich gebe seinen Schweinen zehn Sekunden Vorsprung."
Willem griente: "Hei is nich blot 'vun un tau', hei is ook noch dömlich", seed hei.
"Was sssagt er?" Storch bögte sick ümmer noch vör Vergnögen.
"Er sagt, du sollst ihm einen Schweinestall bauen lassen, wenn die Schweine gewinnen. Und wenn du gewinnst, bekommst du fünfzig Schweine."
"Dat hew ick nich seggt", smeet Willem iernst hen.
"Die Schweine kann er behalten", rööp Storch luud.
Willem keek, as verstünn hei dei Welt nich mier. "Hei weit nich, wat hei seggt, Baron, hei hett sine Sinne nich mier bisaamen."
"Laat em man, wenn hei dat so hebben will, Willem", lachte Örtzen, "ick kaam werrer, un denn beschnacken wi dat noch neger. So, un nu maakt dat mit dei Wedd kloor."
Willem riekte Storch sine Hand öwer'n Disch

hen. "Dei Wedd gelt", seed hei, "Pastur, slaag dörch. Du büst min Tüüg."
"Dat maaken wi beid, Herr Pastur, nicht wahr?"
Örtzen keek den Pastur upmünnernd an.
So wier denn dei Wedd awslaaten. Dei Baron un sin Vedder fürten werrer weg, wat gornich so licht wier, denn Vedder Storch hüng man blot so up den Kutschwagen. Ierst, as Willem em mit'n Strick wißbunnen hadd, seet hei inigermaßen sinkrecht neeben Örtzen up'n Buck. Baron vun Örtzen künn sick vör luder Lachen kuum dor baben holen. Hei lachte noch, as dei Wagen üm den Karkplatz rümsuuste un in dei Beigung verswünn.
In den Fleegenkroog öwer seed dei Aftheiker Klempin tau Willem: "Willem", seed hei, "wenn du di noch nich din Snut verbrönnt heßt, ditmal heßt du dat. Swiene gegen Pierd. Willem, Willem, wenn dat man gaud geiht."
Un Pastur Stolzenburg geew ook sinen Semp dortau. Hei seed: "Willem, Hochmut kommt vor dem Fall. Dir fehlt die Demut, Willem Pagel. Das, was du tust, heißt Gott versuchen."
"Nu dröön man nich so veel, Preister. Un den leiwen Gott laat man ut' Spill. Dei hett mier tau daun, as sick üm en poor Swiene tau kümmern. Un nu laat mi nadinken."
Dei Mannslüd sweegen. Blot Trine Kreihhahn kreihte noch wat: "Willem, wat heßt du dor anricht? Ümmer maakst du so verdreihte Saaken", lamentierte sei, "öwer wenn du winnst, kannst mi en Swien schinken."
"Worüm sall ick woll, Trine?" Willem keek sei verbiestert an.

"Bi mi in'n Fleegenkroog is de Wedd awslaten. Dat allein is doch woll all Grund naug."
"Minetwegen", geew Willem na, "dormit du Rauh giwst. Süßt fritt din Giez di noch up."
"Richtig", rööp dei Aftheiker, "un wenn du nich giezig büst, Trine, pladderst du uns noch en in. Up dine Reeknung."
Trine maakte twors noch en scheew Gesicht, öwer för dat in Utsicht staande Swien kaptulierte sei. Sei geew en ut.

*

Dei Weeken dorna wiern denn jo ook tämlich upreegend. Ierst keem dei Baron un beschnackte dei Inzelheiten för dat Rönnen, denn dat müßt jo nu all sin Ordnung hebben.
Unkel Willem öwer keem nu ierst taun Nadinken. Hei lööp en poor Dage mit awweesend Gesicht rüm, hürte nich mal, wenn em en anspröök, un sine Ogen hadden so'n Blinkern, as wenn hei woll 'ne ganze Portschon Infäll hadd, öwer veel Infäll sünd keen Infäll. Dei Blitz feelte, dei dat Füer in Gang bröcht. Un deshalw wier Willem en beeten bedrüppelt. Hei dacht na. Un as hei mit' Nadinken fardig wier, güng hei na sinen Nawer Frierich Grabow. Willem drööp em in'n Pierdstall.
"Frierich", seed hei, "ick mööt mit di schnakken. Dat geiht üm dei Wedd. Ick mööt en Utweg söken."
Frierich leed den Striegel bi Sied, mit den hei grad sine Falben fienmaakte. Hei keek Willem an, seeg, dat em dat iernst wier un seed: "Nu

kumm man ierstmal mit rin." Un as sei sick denn gegenöwer seeten, greep Frierich na dei Buddel, dei hei up'n Disch stellt hadd, un pladderte för beid en in.
"Willem, ick segg di", seed hei un griente, "wi ward all en Utweg finn'. Nu vertell mal."
"Dat is man so", seed Willem, "tweihunnert Swiene möten lopen. Sei möten ook rönnen. Un dat daun sei nich."
"Laat uns nadinken, Willem, dat giwt ümmer 'nen Utweg. Wegger Swiene loopen denn an' dullsten?"
"De Löpers", seed Willem. Hei griente nu all en beeten un sine Ogen würd' all en beeten lichter.
"Sühst du. Dat is doch all wat. Un as du achter Serrahn in den Schnei leegst, lööp dine Stute allein na Hus."
Willem keek Frierich öwerrascht an. "Wat meinst du dormit? Wat hett dat Swienerönnen mit min Stut' tau daun?"
"Nich veel, Willem, blot dat, dat dei Pierd, wenn dat na Hus an dei Krüüw geiht, rönnen, as süßt ni nich."
"Du meinst", seed Willem - un denn swöög hei un keek vör sick daal. "Ick mein, dat daun dine Swiene ook. Wenn sei wat tau freeten wulln, rönnen sei ook."
Willem Pagel leed sine Stirn in Folten un seed: "Du heßt mi bannig hulpen, Frierich, nu weit ick, wat ick daun mööt."
Willem güng. Annern Dag bröchte hei 'ne Reig Swienetröög an dei Straat. Dorhen, wo dei Kastanenallee uphürte. Jeden Morgen schütt Han-

ning dat Fauder in dei Tröög, un Willem dreew dei Swiene vun' Hoff, dei Allee hendaal bit an dei Tröög. Na fief Dage löpen dei Swiene all vun allein. Na tein Dage gallupierten sei, un noch en poor Dage wierer, suusten sei, as wenn dei Düwel achter er her wier, dei Kastanenallee lang, dat dat man so stööwte.
Dei Lüd in Wangelin slöten Wedden aw mit dei annern, dei twors vun dat Rönnen Swiene gegen Pierd hürt hadd, öwer nix vun Unkel Willems Taktik wüßten. Dat behölen dei Wangeliners för sick. Twischendörch haalte Willem sick den Muermann Paul Dauk ut Hogenwangelin, un dei müßt in dei Stallmuern, an dei Sied, dei na'n Hoff hengüng, Löcker rinslagen un Klappen dorvör maaken. Dei wiern dorför dacht, dat dei Swiene, güngen dei Klappen hoch, glieks rutloopen künnen.
Drei Dage vör dat Rönnen keem dei Baron vun Örtzen mit sinen hochnäsigen Vedder Storch anfürt. Hei keek sick dei Rönnbaan an, fünn nix, wat up Vörberiedung henwieste un wunnerte sick. "Willem", seed hei, "büst du seeker, dat dine Swiene dat Rönnen winnen?"
"Ganz seeker", antwurt Willem iernst.
"Du möst' weiten, Willem, min Vedder hett en ganze Reig Wedden awslaaten."
"Dat is sin gauds Recht", seed Willem, "jeder Minsch mööt an sick un sin Wark glöwen."
Herr Storch hadd sin hochmödig Gesicht upsett un deed bannig vun baben daal. "Mein lieber Pagel", schnarrt hei, "meine beiden Rennpferde kommen eine Stunde vor Rennbeginn an. Es geht doch um zehn Uhr morgens los?"

"So is dat awspraaken", seed Willem verdreitlich, "öwer dat kann noch ännert warden, wenn dine Pierd dat nich geföllt."
"Nein, nein, das kann so bleiben", rööp Storch un keek sick niegierig üm, "was sollen denn die Bänke zwischen den Kastanienbäumen entlang der ganzen Allee?"
"Dei sünd för dei Lüd ut dei ganze Gegend", seed Willem, "jede Platz kust 'ne Mark."
Storch lachte. "Alle Achtung", seed hei, "da haben Sie wenigstens den Preis heraus, den Sie bezahlen müssen, wenn Sie die fünfzig Schweine verlieren."
Willem vertreckte sin Gesicht, as wenn hei up'n Gallappel beeten hadd. "Ick hew nix tau betaalen, kein Geld un keine Swiene. Du wullt jo nix hebben, wenn ick verlier."
"Richtig", fööl nu vun Örtzen in, "du hattest darauf verzichtet."
"Dann ist das auch gut. Dann kann er sie behalten", schnarrte Storch hochmödig.
Willem muulte. "Nu dau man nich so öwerkandidelt. Dine Pierd ward sick wunnern. Un du di ook."
As nu dei Sünndag keem, wieren dei Sittbänk twischen dei Kastanenbööm all en Stunne vör dat Rönnen besett. Dei Lüd wiern ut dei ganze Gegend kamen. Ut Hogenwangelin, ut Jabel, ut Krakow, Serrahn, Burg Schlitz. Sei wiern mit Ledderwagens kamen, dei mit Girlannen schmückt wiern, mit Veludzepeds un tau Faut. Sei bröchten veel Lachen mit un veel gaude Luun. Un as dei Rietpierd ankeemen, wier dat Geschrie groot. Dei Pierd hadd Decken öwer dei Rückens liggen.

Un dei beiden Rieders seegen grad so hochnäsig ut, as er Herr, dei Herr vun Storch.
Willem stünn op sinen Hoff vör dei Stöll un snackte mit den Aftheiker. Hei güng na dei Rieders, dei in witte un rode Rietdress neeben dei Pierd stünnen. Dei Aftheiker seed: "Dei Pierd starten tein Sekunnen na dei Swiene. So is dat awspraaken."
Storch, dei dorbi stünn, seed bannig vun baben daal: "Aber, mein lieber Mann, was sollen diese Anweisungen? Das ist doch alles besprochen. Meine Jockeis wissen Bescheid."
Dei beiden Rieders nickköppten verleegen un tatschten er Pierd dei Hölse.
Willem sin Inkel, Hanning, fürte denn nu mit den Kastenwagen, up den dei verdeckten Trööög mit Swienefauder stünnen, dei Allee hendaal. Un dei Minschen twischen dei Kastanenbööm klatschten un rööpen em wat tau. As Hanning dei Trööög upstellt hadd un allns in dei Reig wier, tuut hei in en Hurn, dat hei mitnahmen hadd. Un denn kunn't losgaan.
Willem, up sinen Hoff, hadd ook en Tuthurn in dei Hand. Hei sett dat nu an dat Mul un tuut dorin, dat sick dat anhürt as dei Trompetentöön vun Jericho. Dei Dörpjungs klappten dei Klappen vör dei Swienetröög na baben. Un glieks keemen dei Swiene rutsuust. Sei hadden enen ganzen Dag lang keen Fauder kreegen. Nu hadden sei Hunger. Sei drängelten sick ut dei Kaaben rut, schuwten un quiekten un beesten öwer den Hoff. Böögten in dei Allee in un rönnten as wenn dei Düwel achter er her wier. Dat wier en Getowe un Gegrunze, dat dei Lüd up dei Bänk en Ogen-

blick ganz baff wiern. Öwer as nu dei Swiene dei Allee hendalrönnten, güng dat Schriegen los. Sei slögen sick gegensiedig up dei Schullern vör Vergnögen. "Willem - Willem", rööpen sei, "dat heßt du gaut maakt."
Dei Aftheiker hadd en blag-geel-rode Flagg in dei Hand, keek up dei Klock, tellte dei Sekunnen luud mit, un bi "tein" slög hei dei Flagg na ünnen. Dei Rieders bruusten aw. Bi dreihunnert Meter hadd sei dei Swiene inhaalt. Öwer dat wier ook allns. Sei künnen nich vörbi.
Dei Swiene hadd dei ganze Breid vun dei Allee innaamen. Dei Rieders rööpen un gewen er Pierd dei Spuren un dei Pietsch. Wat deeden dei Pierd ? Sei schuugten un steegen hoch. Dei Swiene kümmerten sick 'nen Düwel üm dei Pierd. Dei Swiene hadden Hunger. Sei wullen an dei Faudertröög. Un as nu en vun dei Rieders mit Gewold versöchte, twischen dei Swiene dörchtaukamen, flög hei in'n hogen Bagen öwern Kopp vun sien Pierd midden mang dei Swiene.
Dei Minschen an beide Sieden vun dei Allee towten vör Begiesterung. Dat hadden sei noch nich beleewt. Dat hadd dei Welt noch nich seihn. En Rönnen Swiene gegen Pierd, wat dei Swiene winnen würd.
Un as denn dei anner Rieder versöken wull, an dei Sied, dor, wo dei Minschen up dei Bänk seeten un stünnen, vörbitaukamen, fuchtelten dei Lüd mit er Arms un schreegen, dat dat man so'n Ort hadd. Dat Pierd schuugte vör dei Taukiekers un wier mit en Satz midden mang dei Swiene. Ook dit Pierd schuugte vör luder Entsetten öwer dei quiekenden Ungetümers ünner sick.

Dei Gaul dreihte üm un güng dörch. Trüch na Willem sinen Hoff, wo dei Baron sick vör Lachen bögte as 'ne Pappel in'n Storm, wo dei Herr vun Storch en bannig vergrellt Gesicht maakte, un wo Willem, dei Aftheiker un dei Pastur sick ankeeken, as wenn sei dat sülwst nich glöwen künnen, dat dei Swiene dat Rönnen för sick entschieden.
"Willem", seed dei Aftheiker, "du heßt wunnen. Dine Swiene hewt dei Pierd slagen."
Willem nickköppte noch ganz benaamen. "Kuum tau glöwen", seed hei, "öwer dat is nu woll so: Wenn dei Swiene tausaamenholln, un weiten, wo dat langgeiht, können dei Pierd vun dei ganze Welt nix gegen sei utrichten."
Vun Örtzen seeg Willem nadinklich an: "Du meinst, Willem, dat dei Tied, wo dei Adel dat Seggen hadd, vörbi is?"
"So ähnlich", seed Willem, "öwer maak di nix dorut. Du büst jo en vun uns. Du snackst jo ook platt."
Dat Rönnen wier vörbi. Öwer Joore dorna snackten dei Lüd in un üm Wangelin noch vun dat Swienerönnen.

*

En poor Dag dorna bröcht Willem Trine Kreihhahn dat Swien, wat hei er verspraaken hadd, as dei Wedd awslaaten würd.
"Dat is scheun", seed Trine, as sei Willem tau seihn kreeg, "scheun, dat du Wurt hölst. Bring man dat Farken glieks in'n Stall."

"Farken", frög Willem, "du büst woll mall? Dit is en utwussen Swien."
"Süh an, süh an", räsonierte Trine, "dat is 'nen utwussen Swien? Mi dücht, dat is man bannig lütt utfolln. Mag öwer ook sien, dat du 'ne besunnere Ort uptreckst."
"Du möst di mal 'ne Brill anschaffen, Trine. Du kickst 'nen beeten dwalsch. Öwer dat is jo kein Wunner nich. Dat is angeburn. Bi di is dat all lütter. Vörneemlich denn, wenn du Kööm in dei Glääs pladderst."
"Bring dat Swien in'n Stall un denn kumm rin. Du kannst di jo öwertügen, dat ick rejell schinken dau."
"Dat dau ick", muulte Willem. Hei wier bannig vertürnt. Utgereekend Trine mööt mi sowat vörhölln, dacht hei bi sick. Grad Trine. Dei hett dat nödig. As sei mi vörrig Joor de föftein Meter Bökenholt liefert hett, dücht mi, hett sei mi man blot dörtein geewen. Un as ick vun er dei söben Farken köfft hew? Dorbi hett sei mi ook ansmeert. Na töw, di ward ick wat verteIln. Hei bröcht dat Swien in'n Kaaben un bleew miteins midden in'n Stall staan. "Dat mööt gaan", mummelte hei vör sick hen, güng öwer'n Hoff un öwer dei Dörpstraat na'n Aftheiker. Mit em hadd hei denn jo ook 'ne halw Stunn' tau schnacken. Un telefoniern deed hei ook. Mit'n Preister Stolzenburg un mit Baron vun Örtzen. Örtzen hürte sick an, wat Willem tau verteIln hadd un seed denn: "Willem, wenn dat man gaud geiht!"
"Wi können jo wedden", seed Willem un griente vergnögt.
"Nee, nee, Willem, ick wedd nich. Öwer min

verdreiht Vedder is bi mi. Viellicht löt hei sick tau 'ne Wedd öwer hunnert Mark verleeden."
"Man tau", griente Willem, "mi sall dat recht sien. Slutens man dei Wedd för mi aw."
"Wi setten uns, so, as wi sünd, in'n Wagen", seed dei Baron, "in'n halw Stunn' sünd wi dor."
So keem dat, dat dei Stammdischrunn' - dei Aftheiker, dei Pastur, dei Baron un sin dwalsch Vedder un natürlich ook Willem - in'n Fleegenkroog seeten un dei Köpp tausaamensteekten. Kickern deeden sei un flustern un aw un tau lachten sei, dat Trine, dei achter er Theek stünn, lange Uren maakte. Sei seeg ganz vergnatzt ut, dor sei nich wüßt. öwer wat dei Mannslüd wat tau lachen un tau kakeln hadden.
"Bring uns noch fief Kööm, Trine", rööp Willem, "un schink sei gaud. Du weißt jo Bescheid."
"Dat dau ick ümmer", muulte Trine, "öwer du süßt man ook eins an't Betaalen dinken."
"Ick betaal ümmer", seed Willem un dreihte sick na Trine üm. Hei seeg, dat sei so richtig fünsch wier un griente. "Orer hew ick bi di noch wat tau betaalen. Trine?"
"Un ob", futerte Trine nu los, "dat sünd jüst achtunneegentig Mark un föfdig."
"Un du heßt bang, dat du dat Geld nich kriegst? Hew ick nich mal soveel Kredit bi di?"
"Ick hew di jo Kredit geewen. Öwer du heßt nu soveel Geld mit din Swienerönnen verdeint, dor kannst du nu ook din Schullen betaalen, meinst du nich?"
"Dat Geld, wat ick verdeint hew, is all werrer inplant, Trine, dat kannst du mi glöwen. Geld löppt di twischen dei Finger dörch, as Wader."

Stammti

"Du", futerte Trine, "du beschittst di noch eins in'n Slaap un wunnerst di, dat du, wenn du upwaakst, so hoch liggst."
"Du liggst ook nich up'n Fautbodden, Trine", antwurt Willem, "öwer wenn du Markstücke nimmst, denn mag dat grad gaan. Ick hew blot lütt Geld bi mi."
"Geld is Geld", seed Trine un bröcht dei fief Kööm. Sei bleew glieks neeben den Disch staan un töwte dorup, dat Willem dei achtunneegendig Mark betaalen deed.
"Dat ward mi swor", seed Willem un süfzt. Hei greep in dei Ruckdasch un haalte 'ne Handvull Markstücken rut. Dorbi keek hei Trine so markwürdig vun ünnen her an, as wull hei seggen: Nu si man nich so neerig.
Öwer dat Trine neerig wier, dat wier tau seihn. Dei Preister keek Trine an un schütt sinen Kopp. Öwer hei swög. Dei Baron griente un maakte grote Ogen.
Un denn füng Willem an tau tellen, wobi hei mit jede Mark so'n knackend Gerüüsch up dei Dischplatt maakte: "Ein - twei - drei - veer - fief..."
Hei ünnerbröök sick. "Du möst mi öwer 'ne Reeknung schriewen, Trine, anners dau ick dat nich."
"Wotau bruukst du denn 'ne Reeknung?"
"Ach, weißt du, ick hew mi dat all upschreewen, wat ick bi di tau betaalen hew", seed Willem.
"Du trugst mi woll nich?"
"Doch, doch, Trine, öwer beder is beder. Bi Geldsaaken bün ick eigen. Wenn einer dorbi nich uppaßt, kann hei veel Geld verliern."
Hei keek Trine so vergnögt an, dat sei dacht:

Wat hett hei denn nu? Hett hei wat markt, as ick em dei Farken... orer gor bi't Bökenholt, orer... Sei keek Willem an un kreeg worraftig 'nen roden Kopp.
"Öwrigens", seed Willem, "dat Bökenholt, wat du mi heßt bringen laten... woveel Meter wiern dat noch?"
"Föftein", seed Trine un schuulte na dat Geld up'n Disch. Miteins greep sei tau un raakte dei fief Mark fixing in dei anner Hand un dacht: Wat ick hew, dat hew ick ierstmal. Öwer denn markte sei, dat dei Preister sei so markwürdig ankeek un würd unrauhig. "Ick weit gornich, wat du mit dat Bökenholt heßt, Willem", seed sei schienhillig.
"Du meinst, dat wiern föftein Meter, Trine?"
"Ick wier sülwst dorbi, as dat upladen würd", seed sei un seeg in'n Aftheiker sine Ogen nu grad so wat, as bi'n Pastur. Er wier dat vun'n Gesicht awtauleesen, dat sei 'nen leeg Gewissen hadd. "Wat kiekt ji mi so an!" rööp sei fünsch.
"Is jo all gaud", seed Willem, "also föftein!" Hei füng werrer an, dei Markstücken up'n Disch tau tellen: "Föftein, sößtein, söbentein, achttein, neegentein, twindig, einuntwindig... wenn di tau dat Bökenholt noch wat infalln süll, Trine, kannst du mi dat jo noch seggen. Kann jo sien, dat du di erinnern deihst."
"Dor giwt dat nix tau erinnern. Du heßt din Holt kreegen, un du heßt betaalt."
"Ja, ja, dat hew ick", seed Willem, "öwer du haddst di up dei Reeknung verreekend. Dat wiern achtuntwindig Mark, dei ick tau veel betaalt hew. Heßt du sei mal nareekend? Dat süßt du man

daun. Heßt du sei dor?" Trine seed fünsch: "Du spinnst woll, glöwst du, ick will di bedreigen?" Sei fegte werrer mit en Hand öwern Disch un raakte dat Geld in dei anner Hand. Un denn steekte sei dei Markstück' in er Schörtendasch.
"Wer reed denn vun bedreigen", seed Willem, "nee, nee, dat würd ick nich seggen. Nee, bedreigen würd ick nich seggen."
"Dat würd ick mi ook verbeeden hebben." Trine er Gesicht seeg man dat an, dat sei erlichtert wier.
"Öwer dat mit dei schtuntwindig Mark, dei ick tauveel betaalt hew, dat stimmt, Trine", füng Willem werrer an.
"Aber Trine", seed nu dei Pastur, "daß ich das von dir hören muß! Ich dachte immer, du bist eine gottesfürchtige Frau. Und so einer wird doch soetwas nicht passieren, nicht wahr?"
"Achtuntwindig, neegenuntwindig, dördig, einundördig..." tellte Willem wierer, hürte up un keek Trine iernst an. "Dei Reeknungsendsumm wier hunnerteinunvierig Mark, ick weit dat noch so, as seih ick sei vör mi."
"Hunnerteinunföftig", rööp Trine gifdig, "glöwst du, ick weit nich, woveel du betaalt heßt?"
"Na, sühst du", seed Willem, "dat sünd noch eins tein Mark, dei ick tauveel betaalt hew. Mit dei annern neegenuntwindig sünd dat nu all neegenundördig."
Trine keek em verbiestert an, seeg denn dei Markstücke up'n Disch liggen, neem sei ierstmal seckerheitshalwer weg, steekte ook sei in dei Schörtendasch un seed: "Du maakst mi noch ganz fimmelig, Willem. Ick maak di 'nen Vörslag:

Ick - ick kiek mi dei Reeknung noch eins an."
"Dat dau du man", seed Willem gaudmödig, "un kiek richtig na. Nich, dat du di noch eins verreekenst."
"Trine verreekend sick nich", smeet nu dei Aftheiker hen, "wenn einer gaud reeken kann, so is dat Trine."
Trine keek den Aftheiker mißtrugsch an. Woans meint hei dat nu werrer, dacht sei, meint hei dat ierlich, orer...
"Neegenundördig, vierig, einunvierig, tweiunvierig, dreiunvierig", tellte Willem dei Markstücken up'n Disch. "Öwrigens, Trine", seed hei miteins, "wat ick nich verstaa, is, dat du in din Öller noch nich so klauk worden büst, mit Geld gewissenhaft ümtaugaan. Kann öwer ook sien, dat din Gedächtnis nalött. Weißt du, mit achtunföftig Joor is dat so 'ne Saak..."
"Achtunföftig? So old bün ick nu ook noch nich. Ick bün grad ierst dreiunföftig worden. Un du kannst secker nich mi naseggen, dat dat bi mi in'n Kopp nich mier funkschoniert. Dat funkschoniert, segg ick di. Du glöwst woll, dat du mi wat inreeden kannst?" As sei dat seed, greepen er Finger all werrer fix na dei Markstücke un lööt sei in dei Schörtendasch verschwinnen.
"So hew ick dat doch nich meint, Trine, nu sie doch nich glieks so fünsch. Ick kenn dor wat vun. Mi geiht dat doch nich veel anners. Süßt wier mi dat doch nich passiert, as du mi dine Farken verköfft heßt."
Trine maakte nu doch 'nen ganz verstürtes Gesicht. Ere Hänn' zupten an dei Schört, fürten öwer er Hoor un sei keek einen na den annern an.

"Dreiunföftig also", seed Willem, "veerunföftig, fiefunföftig, sößunföftig, söbenunföftig..." Un so tellte hei wierer bit "einunsößtig, tweiunsößtig..." As hei upseeg, seeg hei bi Trine sowat Verstürtes, dat sei em nu all leed deed, Öwer nu hadd hei anfungen, nu müßt hei dat ook bit an't Enn dörchstaan. "Recht wier dat nich, dat mit dei Farken, Trine, dat mößt du taugeewen."

"Taugeewen? Ick geew gornix tau. Du büst mi jo 'nen groden... groden... groden..."

"... Filou", hülp Willem ut. "Dat hett min Mudding ook ümmer seggt. 'Willem, Willem', seed sei, 'di ward dat noch eins leeg ankaamen. Du büst twors 'nen groden Filou, öwer reeken kannst du nich. Du haddst beder uppassen süllt in de Schaul.' Ja, so seed sei ümmer. Öwer in'n Iernst, Trine. Bi dei Farkenreeknung heßt du di üm glatte tweiunsöbentig Mark verreekend. Tau dine Gunsten, versteiht sick."

"Wißt du mi mal seggen, wat in di foren is hüt awend!" rööp nu Trine un stemmte beide Hänn' in dei Sieden. Er Ogen blinkerten un nu seeg sei bannig böös ut. Grad so, as wenn sei nu Willem dei Ogen utkratzen wull.

"Wenn du't nu weiten wißt", futerte sei denn jo ook wierer, "dat wiern keine tweiunsöbentig Mark, dat wiern tweiunachtzig. So, nu weißt du't. Un nu kannst du mi jo anzeigen. Nu heßt du't schafft. Wat süßt man blot 'nen Spaß wier, nu is dat Iernst. Kannst jo hengaan un mi anzeigen. Los, loop los..."

"Na ja", seed Willem nu, un hei keem sick miteins bannig schlicht vör, "so is dat nu ook wer-

rer nich meint. Wenn du dat insühst, denn will ick di man ierstmal dat restliche Geld geewen, wat du noch tau kriegen heßt, un denn ward' wi uns werrer verdreegen. Wenn du wißt, kann ick di ook dat Swien, wat ick di schinkt hew, awköpen. Ick weit jo, dat du Geld gaud lieden kannst."
"Kannst du dat nich, Willem Pagel?"
"Doch, doch", griente Willem, "ick kann dat ook. Also sluten wi dit man ierstmal aw. Wiewiet wiern wi? Ach ja: Einunachtzig, tweiunachtzig..." Willem tellte bit neegenunachtzig un hööl denn an. "Dei tein Mark, Trine, dei treck ick di nu öwer würklich aw. Dat mößt du inseihn."
"Minetwegen", seed Trine, raakte öwer'n Disch un steekte dat restliche Geld in er Schörtendasch.
"Bring uns noch söß Kööm, Trine", seed Willem, "du drinkst doch ein' mit?"
"Mit di? Nich giern", seed Trine, öwer as Willem seed: "Du kannst doch süßt gaud reeken, Trine, 'ne gaude Wirtin ward doch wull 'nen Gast nich awslaagen, wenn dei er einen spendieren will? Na, sühst du. Proost, Diern, sasst lewen", dor pladderte sei in.
"Proost, Willem", seed Trine un keek em all werrer mißtrugsch an. Sei drünk ut, güng achter dei Theek, leed dat Geld, wat sei in dei Kökenschört hadd, in dei Kass un griente dömlich, as dei fief an'n Stammdisch luudhals an tau lachen füngen.

*

As dat anfungen hadd, dorup kunn sick in Wangelin nahsten kein ein besinnen. Dei einen seeden, dat wier mit Heini Holsten henkaamen, dei annern wiern mier för Gustav Hackborth, orer sogor för sinen Schwager Korl Korff. Ut Wangelin wiern sei all drei nich. Sei wiern kaamen, as Willem Pagel grad sinen Lokus mit Millionen-Milliarden- un Billiardenschiens tapziert hadd un 'nen Tweipundbrod werrer sößtig Penning kosten deed.
Dei Inwaners vun Wangelin hadd dei Tied, wo dat ümmer blot üm dei Nullen achter dat Kumma güng, ganz gaud öwerstaan. Beder as dei Lüd ut dei Stadt, dei, wenn sei öwerhaupt Arbeit hadd, na en Week för dat verdeinte Geld jüst noch 'nen Brod kreegen.
Mit Heini Holsten, Gustav Hackborth un düssen Schwager Korl Korff wier dat so'n eigen Saak. Sei wiern so verschieden vunanner, as Voß un Haas un Gaus.
Heini Holsten wier so an dei twei Meter groot, wier fiefuntwindig Joor old, hadd Schullern as 'nen Klederspind un sine Hänn' hadd dat Maat vun twei Bratpannen, wo du gaud un giern dine tein Eier rinslaagen kannst.
Gustav Hackborth dorgegen maakte sick neeben Heini tämlich mickrig ut, obwoll hei ook gornich so lütt wier. Öwer hei hadd dat mier in'n Kopp, wat Heini in dei Füst hadd. Un Korl Korff? Na ja, dei wier nu würklich ut dei Ort slagen. Korl - nu, ji ward dei drei noch kennenliern.
Blot soveel vörweg: Sei wüßten mit dat, wat dei Natur er mitgeewen hadd, ganz gaud ümtaugaan.

DatHeini Holsten wat in dei Arms hadd, markte Anning Drewes, Buer Franz Drewes sine öldste Dochter, tauierst. Sei wier tausaamen mit eren Vadding, er Geschwister un twei Daglöners up dat Weitenfeld taugangen, as Heini Holsten vun Serrahn her dei Landstraat na Wangelin taugüng. Grad hadd sei 'nen Austwagen, dei bit baben hen vull wier, besteegen, grad hadd sei "hüh" seggt un dei beiden Pierd vörn Wagen ein poor mit dei Pietsch öwertreckt un zuckelte up dei Landstraat hentau, as sei Heini Holsten dor staan seeg, wo dei Öwerweg vun' Acker up dei Landstraat inmünd'. Anning, baben up den Wagen, seeg den heunenhaftigen Kierl un kreeg vör luder Stunen er Mul nich mier tau. Un denn keem dat jo ook so, as dat kamen müßt: Sei neem dei Kurv' vun' Acker up dei Chaussee tau kort, un so sackte dat rechte Vörderrad in' Grawen. Dei Wagen kreeg nu dat Öwergewicht un kippte rechts vörn ganz sachten up dei Sied. Dat heit: dat künn hei nich. Heini wier tausprungen un hadd sick stief dorgegen stemmt. Hei höl em wiß. Anning rutschte nu vun' Wagen dal un stünn, ümmer noch mit aapen Mul, vör Heini un wunnerte sick. Heini Holsten griente un seed: "Nu dau mal wat. Haal twei Pierd un spann sei links vörn an' Wagen. Bit du werrerkümmst mit dei Gäul, holl ick dat Fauder woll wiß."
Anning suuste aw öwer dat Feld na eren Vadding, üm em vun dat Malüür tau vertellen. Öwer dat brukte sei nich. Franz Drewes hadd dat all ut dei Fiern mit anseihn. Hei hadd all dei beiden Pierd vun' annern Wagen utspannt un keem up sei tau.

As hei mit dei Pierd un mit Anning bi Heini ankeem, blewen sei nu beid mit grode Ogen vör Heini staan.
"Mann", seed Franz, "dat sall di mal ierst einer namaaken." Un denn spannte hei dei beiden Pierd vörn an un mit "hüh" un "ho" un denn mit 'nen Ruck richt sick dei Wagen werrer grad un stünn denn jo ook richtig up dei Chaussee.
Blot: dat güng tau fix. Heini rutschte vun dei Grawenkant aw, wo hei sine Fööt gegenstemmt hadd, un "platsch" leeg hei, lang as hei wier, in brun-ierdig Wader.
Un as hei sick upricht', stünn Anning vör em un lacht em ut. "Du büst jo brun as uns Heistermuur", gluckste sei, bünn öwer dorbi dat Dauk vun' Kopp, mit dat sei er Hoor tausamenhööl, bögte sick tau em daal, dei nu up dei Knei leeg, un Modder utspuckte. Sei wischte em denn jo ganz zoort den brunen Matsch aw, so dat em dat ganz plümerant üm't Hard würd. Un as sei em nu frög, as hei wull heiten deed, griente hei un seed ganz tamm: "Holsten. Heini Holsten."
"Dei brune Heini", prust Anning los, "un kieken deist du, as wenn du mit din linket Oog in dei rechte Westendasch schuulst." Heini antwurt fünsch: "Ick schuul nich, ick kiek ümmer so!" Denn dat mit sine Ogen wier em all sin Lewen lang tau'n Sputt geraden. "Wenn du mi nich anseihn kannst, denn scher di tau'n Düwel."
Öwer grad dat deed Anning nich. In'n Gegendeil: Sei wier bannig leiw tau em. "Ick ward di dröggleggen", kickerte sei, "un denn wull'n wi wiederseihn."
Un as nu er Vadding üm den Wagen rümkeem,

seed sei: "Dit is Heini Holsten, Vadding, ick neem em ierstmal mit na Hus. So kann hei jo nich rümloopen."
"Is gaud", seed Franz Drewes, "giw em man orrig wat tau eeten. Un wenn hei mag, kann hei uns jo noch en beeten helpen. Ick tru dat Weder nich."
So keem Heini Holsten na Wangelin. Anning löt em nich mier ut er zoort Pooten, un so keem dat, dat sei beid noch vör Winachten Hochtied maakten. Dat beeten Schuulen maakt mi nix ut, wier Annings Minung, anner Lüd hewt noch ganz anner Feelers. Un dor möt'n er jo rechtgeewen. Franz Drewes seed: "Ji könt jo bi mi up'n Hoff waanen, bit ji wat anners funnen hewt." Öwer Heini wull nich. Hei keek sick in't Dörp üm un fünn denn jo ook dei ole, halw verfollen Kaat, dei noch en beeten wierer rut, na Serrahn hentau, un en beeten awsieds vun dei Landstraat leeg. Düsse Kaat hürte nu öwer den Pierdbaron vun Örtzen. Deshalw güng Heini na em hen un frög, ob hei em dei Kaat verköpen würd.
Örtzen seeg dei beiden Bratpannen, de neeben Heini daalbammelten, un seed: "Verköpen! Worüm nich? Du kannst sei bi mi in't Holt awarbeiten, is di dat recht?"
Heini wier dat recht. Un dei Wangeliners wier Heini ook recht. Wenn en Minsch arbeitsam is, wenn hei platt snackt, wenn hei kein sülwern Löpels klaut, denn hadd sei nix gegen einen "niegen". Worüm süll'n sei ook?
Heinis Anning hülp em up er Ort. Sei schinkte em jed' Joor 'nen lütten Holsten. Bit dei "niege Tied" utbröök, wiern dat denn jo ook all an dei

söß Stück. Schuulen deed kein ein vun er. Un dorut kann' seihn, dat dei Mudderleiw is as 'nen Filter, wenn dei Minschen nich mit dit un dat dortwischen rümfummeln.
Süßt giwt dat tau dei Tied nich veel öwer Heini Holsten tau vertellen. Dei Wangeliners hürten blot, wenn Heini besaapen wier, wat vör dei Tied weest wier mit em. Hei wier mit söbentein Joor in' Krieg treckt un dorna wier hei woll in Livland un Kurland weest un wier gegen dei Bolschewiken angaan. Dorut kann'n seihn, dat Heini sick nich taurechtfunnen hadd, bevör hei na Wangelin keem.

Mit Gustav Hackborth un sinen Schwager wier dat ganz anners.
Gustav hadd in'n Rostocker Anzeiger leest, dat Greten Damerow, dei all öwer achtzig Joor old wier, er Geschäft, dat so'n Ort Kolonialwarenladen wier, verköpen wull. Gustav hadd denn jo ook henschreewen, un Greten Damerow antwurt, hei süll man ierstmal henkaamen un sick den Laden ankieken. Dat deed Gustav denn jo ook. Hei fürte na Wangelin un schnackte mit Greten. Gustav seed, dat hei twors kein Geld, öwer veel Maut hadd. Hei seed, hei wull dat Geschäft ierstmal pachten. Greten Damerow wier inverstaan. Un dor dat Hus för Gustav Hackborth allein veel tau groot wier - denn dat wier mal 'nen Buernhus weest, wat Greten blot ümbugt hadd - frög Gustav, ob sei wull inverstaan wier, dat sin Schwager, dei, as Gustav seed, Glasermeister wier, mit intrecken künn. Greten wier dat gliek. Gustav Hackborth hadd Koopmann liert un dacht

nu, as hei achtuntwindig wier, dat dat Tied würd, sick sülwständig tau maaken. Dit Geschäft, dacht hei, künn dat warden, wat hei sick vörstellt hadd. Un dor mit "Kolonialwaren" in Wangelin nich riek tau warden wier, denn dei Lüd hadd all naug tau eeten, füng hei ook noch mit anner Saaken an tau hanneln.
Dat Geschäft florierte. Un dor Gustav dat nich all allein daun künn, neem hei sick 'ne Fru: Alma Brathering, dei 'ne Dochter vun Malwine Brathering wier. Un Malwine hadd 'nen tämlich luud' Mulwark. Alma, er Döchting, hadd dat arwt, un dormit verargerte sei Gustav sine Kunn'. Veel maakte em dat öwer nich ut, hei bögte dat fixing werrer grad, wat Alma krummschnackt hadd. Hei bröchte dei Wangeliners taun Lachen, un nich einer wier em gram.
"All verschieden", seed Gustav denn woll, "dat giwt Köh, dei hewt Darmverschlingung, wenn du er den Stütz hochbörst un er vun Mors her in't Mul kieken wißt un kannst nix seihn. Un dat giwt wegg, dei hewt kein Darmverschlingung, is all verschieden."
So keem dat, dat dei Lüd vun Wangelin tau Gustav "Allverschieden" seeden. Hei wier dei Wangeliners all recht. Un öwer sine Plietschheit künnen sei woll wegseihn - obwoll dat mennigmal all an Giez rankeem. Hei paßte up as'n Scheithund, dat em keiner wat wegneem. Blot einmal hadd em einer taufaaten kreegen. Dat wier 'ne Fru, dei an einen Namiddag in'n Laden keem. Sei hadd 'nen groden Korf öwern Arm. So einen, dei twei Deckels hadd, dei vun beide Sieden na dei Midd hentau tauklappt würd'. Düs-

sen Korf stellte sei vör'n Ladendisch up'n Bodden, klappte dei Deckels trügg, un so künn Gustav seihn, dat in düssen Korf en gußiesern Pott stünn, dei ook 'nen Deckel hadd.
Sowiet tau'n Verständnis.
Un denn köffte dei Fru ook in: Toback, Schnaps, Koffie, Schokolor, all so'n Tünkram, wat in't Geld geiht. Un as sei fardig wier un dat an't Betalen güng, seed sei, sei müßt noch mal eben na Elfriede Mahnke, dei 'ne Nedderlag' vun dei Hypotheken- un Wesselbank hadd. Sei müßt sick ierstmal Geld vun er Kunto haalen. Sei bünd den gußiesern Pott tau, börte em ut'n Korf rut, stellt em igenhännig up'n Ladendisch un güng. "Ick kaam gliek werrer", seed sei noch. Öwer sei keem nich werrer. As Gustav an'n Awend den Laden awslöt, dacht hei: "I, dat is jo sültsam, nu kann ick dei ganze Waren werrer ut'n Pott in dei Regale packen." Hei bünn den Bindfaden, den dei Fru üm den Deckelgriff öwer dei beiden Henkels tau beide Sieden vun' Pott wickelt hadd, up, un neem den Deckel aw.
Un denn lööp sin Gesicht rod an. "All verschieden", seed hei verstürt, "wegg Pött hewt 'nen Bodden, un wegg hewt kein'." - Nu feelt uns jo noch Korl Korff. Vun em weiten wi jo blot, dat hei Glasermeister is un bi Gustav in'n Hus waant. Korl wier kein gewöhnlicher Glaser. Hei wier so wat as 'ne Kapazität. Hei keem twors, wenn em einer raapen deed, üm 'nen Finster tau verglasen, öwer hei wier mier 'nen Kunstglaser. Hei verstünn noch "Butzenschiewen" tau blasen un mit Blie farwige Mosaiken tau maaken. Un düshalw keemen mennigmal "fiene

Lüd" na Wangelin un schnackten mit Korl Korff. Un denn maakte hei Finsterrahmen mit Bilders ut dei Bibel för Karken un all sowat.
Korl Korff hadd 'ne Fru, dei wög woll duppelt soveel as hei. Sei hülp em in dei Warksteed. Er fööl dat tau, taun Bispill den Finsterkitt tau kneeden. Un dat deed sei stunnenlang, denn Korl wier ierst mit den Kitt taufreeden, wenn dei so richtig schmeerig wier. Sültsam wier blot, dat sei all dat aan Werrerreed för Korl deed. Un wenn dei Lüd sick wunnerten, seed sei: "Wat weit ji all vun minen Korl? Nix. Korl hett dat mit dei Künstlers." Un denn güngen dei Lüd mit sowat as 'ne Bewunnerung an Korl vörbi un tröken den Haut vör em, wenn sei wat up'n Kopp hadd. Blot ein'n Feeler hadd Korl. Hei künn kein "K" spreeken. För dat "K" seed hei "T". Un so heit hei ook nich Korl Korff, sunnern Talli Torff.
Einmal, as dat Enne August 'nen deegt Hagelschuur geewen hadd, würd "Talli" na'n Baron vun Örtzen raapen, denn dor hadd dei Hagel woll an dei twindig Finsterschiewen in'n Gautshus inslagen. Talli fürte denn jo ook los, keek sick dei Finster an un seed, dat hei noch eins trüchfürn müßt, soveel Schiewen hadd hei nich mitbröcht. Un as hei werrerkeem, stünn denn jo ook dei Baron mit sine Fru vör dat Hus un keek tau, as Talli dei Schiewen awlaaden deed.
Un denn seed Talli: "Sowat dömliches, nu hew ick doch minen Titt vergeeten."
Fru vun Örtzen würd rod, öwer er Mann seed: "Wenn't wierer nix is, Kitt hew ick woll noch hier."
"Dat geiht nich", seed Talli, "dei Titt vun mine

Fru is beder. Sei walkt em ümmer so gaud dörch. Nee, nee, dor bün ick so an gewöhnt. Ick für noch eins trüch un haal em."
Sietdem heit dat in Wangelin: Den besten Titt hett Talli sine Fru.

*

Klaas Klaasen wier jo woll, as dei Lüd vun Wangelin wüssen, einer vun dei Urinwaaners vun Wangelin. Sin Grodvadder hadd mal 'nen Buernhoff hadd. Den, wo nu Fritz Grabow inseet. Un dor hadd sick sowat as'n Fründschaft twischen dei Klaasens un dei Grabows erhollen. Dat süll'n jo gornich glöwen, öwer dat wier so. obwoll Klaas Klaasen in dei lütt Kaat achter den Sandbarg waante.
Un miteins wier dor wat twischen dei Grabows un dei Klaasens, wat siet Minschengedenken nich dor weest wier: Striet!
As dat keem? Tja, dat füng mit dei Kinners an. Klaasens hadd jo ook naug dorvun. Sin Fru Anning weer bannig fruchtbor. Klaas pleegte tau seggen: "Ick bruk blot min Unnerbüx an'n Bettpusten tau hingen, dor is dat ook all passeert." Sei, dei Klaasens, hadd vier Gören, as dei grote Seegen öwer sei rinbröök. Dat föfte Kind, dat süll nu indlich 'nen Jung warden; denn bit dorhen hadd Anning blot Deerns geburen. Nu ja, dat föfte Kind würd 'nen Jung. Un 'ne halw Stunn later keem noch 'nen Jung. So wier dat. Un as Anning dat nächst Joor werrer in dei Weeken keem, keemen noch eins twei. Un denn noch eins. Ook twei. Hewt ji mitreekend? Tein sünd

dat nu. Un dei Wangeliners wier all 'nen beeten stulz up Anning mit er tein Gören. Sei seeden denn ook leiwvull: "Uns Tein-Kinner-Kaat".
Un as vun dei "Tein-Kinner-Kaat" würd nu blot noch vun Klaas Klaasen sin Hus reed.
Dei Kinnerseegen wier nu all ranwussen un sei güngen all tau Schaul. Un na en poor Joor seed Lierer Mahnke, dat dei Öllst vun Anning eren tweiten Twillingswurf, Korling, soveel Grips hadd, dat dat all an'n Genie grinzen deed. Ganz Wangelin töwte nu dorup, wat ut "lütt Korling" warden würd. Nu: Ierstmal hadd dat noch lange Bein. Ierstmal ströpte Korling, grad so, as alle annern Gören, dörch dei Wälder, speelte in dei Sandkuhl un wüßt noch nix vun sin Genie. Ierstmal keem dat nu, as dei Kinner grad Röwer un Gendarm speelten, ganz anners. Grad süll Meta Grabow, Fiete Grabows lütt Schwester, roowt warden.
Korling Klaasen bekeem namlich dat minschliche Rüren. Sowat sall dat jo geewen. Hei suuste denn jo ook dörch dei Sandkuhl, üm noch dei Böken tau errieken, öwer dat würd nix mier. Korling maakte sick wat in dei Büx.
Dei annern Kinner hadd "lütt Korling" loopen seihn. Un as hei nu mit'n ingstlich Gesicht un tämlich breidbeinig midden in dei Sandkuhl stünn, güng dat los: "Korling mit dei geel bescheeten Büx!" röpen sei. Un ümmer werrer: "Korling mit dei geel bescheeten Büx!"
Korling schnuwte vör Wut. Hei lööp nu, as winn hei Kladden twischen dei Bein hadd, breidbeinig öwer dei Dörpstraat, un all dei Görn achter em an. Fiete Grabow wier dei Anfürer vun dei Hurd

un hei maakte dat ook tau dull. Ümmer werrer schreeg hei: "Lütt Korling mit dei geel bescheeten Büx", so dat "lütt Korling" dei biddern Tranen öwer dei Backen löpen. Un mit eins, as Fiete Grabow sick tau naa an "lütt Korling" ranwaagt hadd, dreihte Korling sick üm un kreeg Fiete tau faaten. Dei Gören stünn all üm dei beiden rüm un füerten "lütt Korling" an; denn hei wier bi wieden nich so kräftig, as Fiete Grabow. Un dor dat midden up dei Dörpstraat wier, keemen nu ook noch dei Groten un röpen: "Giw em dat, Korling!"
Öwer Fiete kreeg em ünner. Grad wull Korling all upgeewen, as hei öwer sick Fietes Uur seeg. Un dor beet hei rin. Fiete huulte up, lööt Korling los, un nu wier hei dat, dei losbölkte: "Hei hett mi dat Uur awbeeten", schreeg hei un rönnte na Hus.
Nu: Dat Uur wier nich aw. Dat blööd öwer so dull, dat dat Blood em an'n Hals dallööp un dat Hemd, dat nu ook nich grad mier witt wier, rod farwen deed. Tau Hus lööp Fiete grad sinen Vadding in dei Arm. Hei müßt nu vertellen, woans dat kaamen wier. Un dor kreeg Fiete nu noch eins dat Ledder vull. "Nich, wiel du em argert heßt", seed sin Vadding, "sunnern, dat du di vun Klaas Klaasen sinen Bengel heßt ünnerkriegen laaten."
Frierich Grabow wier fünsch. Un dat keem dorvun, dat dei Klaasens vun sinen Acker, dei achter dei "Tein-Kinner-Kaat" an Klaas Klaasens Gorden anfüng, 'nen Stück awkreegen hadd. Un dor dei Klaasens dei armsten Lüd in Wangelin wiern, hadd Frierich Grabow er noch 'nen

Maschendrahttuun üm den ganzen Gorden setten laaten, dormit dei Karnickels er nich den Kool wegfreeten sülln. Un dormit nich naug, kreeg Klaas Klaasen alle Joor tau Martini twei Gäus vun dei Buern. Dat güng reihüm. Mal müßt Buer Dechow ran, mal Willem Pagel, un dit Joor nu ook Frierich Grabow.
Frierich wier fünsch. Dat wier jo nu 'ne Ort Kriegserklärung vun dei Klaasens. Dat künn Frierich Grabow nich up sick un sine Sipp sitten laaten. Wo keemen wi woll hen, seed hei, wenn dei "lütten Lüd" gegen dei grooten upmuckten? Un dat hadd "lütt Korling" doch wull daan, as hei sinen Sprußling Fiete in't Uur beeten hadd? Wat maakte also Frierich Grabow? Hei güng mit gwichtige Schritt na dei "Tein-Kinner-Kaat" un wull nu Klaas Klaasen sine Meinung seggen. Ja, dat wull hei. Mier nich, öwer wenigstens dat. Un as hei nu vör Klaas Klaasen stünn un dei em mit sine blagen, klooren Ogen ankeek, as Frierich nu losleed, füng doch dei Kierl vun Klaas an tau grienen. "Wat is denn los", seed Klaas, "wegen so'n Kinnerkram wulln wi uns doch woll nich vertürn?"
"Kinnerkram", schreeg nu Frierich Grabow, "dat is kein Kinnerkram mier. Dat is all Körperverletzung, versteihst du?"
"Nee", seed Klaas Klaasen un keek Grabow ümmer noch an un griente, "dat verstaa ick nich. Du wißt doch woll nich mit mi Striet anfangen, blot wegen minen Korling sine vullscheeten Büx?"
"Ach wat", schreeg Frierich, "wat geiht mi 'ne vullscheeten Büx an? Un dat mit dat Uur is ook

nich so schlimm, öwer dat du nu ook noch vör mi steihst un mi dömlich angrienst, laat ick nich up mi sitten. Dat hett noch 'nen Naspill, dat segg ick di. Un dat du dat weißt: dat geiht gliek los. Dat Stück Gorden achter dinen Gorden is nich mier din Gorden. Dat is nu werrer min Acker. Heßt mi verstaan? Un dei Tuun is nu nich mier din Tuun. Den riet ick werrer aw. Gliek! So, nu weißt du woll Bescheid!"
"Öwer, Frierich", seed nu Klaas Klaasen lies, "dat wardst du doch woll nich daun?"
"Gliek", seed Frierich Grabow. Hei dreihte sick üm, güng, nu noch fünscher, na Hus un spannte sine twei Brunen vör 'ne Jöök un leed dei Gäul öwer dei Dörpstraat na dei "Tein-Kinner-Kaat". Dei Inwaaners, dei Tied hadd, löpen achter em. Sei seeden ierstmal gornix, denn Frierich Grabow wier 'nen anseihn Minschen in Wangelin. Sei seeden ook noch nix, as hei den Tuun daalreet. Sei keeken blot vun Anning Klaasen na Klaas Klaasen, dei beid dorbi stünnen un dei Welt nich mier verstünnen.
Öwer as nu Frierich sick anschicken deed, ook noch den Kool daaltaurieten, dei up "sin" Stück Acker stünn, schöwen sick miteins dei Wangeliners twischen dat Stück Acker un Frierich sin Pierd. Un sei güngen ook nich einen Schritt trüch, as hei tau dei Lüd seed: "Gaat dor weg! Dormit hewt ji nix tau daun!"
Dei Lüd bleewen staan, wo sei stünnen, un rögten sick nich vun dei Stell. So stünnen sick nu dei Pierd un dei Minschen gegenöwer. Frierich seed: "Prrr!" Hei hööl an, haalte noch eins deip Luft, schuulte na dei Klaasens un... leed

sine Pierd an dei Minschen vörbi werrer na Hus. Dei Lüd haalten sick Warktüüg un richten den Tuun werrer up.
Frierich wier, as hei na Hus keem un dei Pierd werrer in'n Stall bröcht hadd, gornich gaud taumaud. Nu argerte hei sick öwer sick sülwst. Un denn keem Willem Pagel. Un Bodo Voß un Borwin Dechow un noch so an dei tein Lüd. Sei seeden gornix. Sei keeken Fritz Grabow blot an. Un denn seed Willem Pagel: "Heßt' di nu uttowt?"
Un Bodo Voß seed: "Man, Fritz, büst du öwerschnappt?"
Un Borwin Dechow seed: "Dat segg ick di, Fritz, wenn du dat nich werrer in dei Reig' bringst, denn sünd wi dei letzte Tied Frünnen weest."
Un denn keem ook noch Heini Holsten. Un Heini bröcht nu noch mier in'n Gang. Hei seed: "So sit ji Rieken. Dei Armen mööt ümmer herholln. Gliek, ob dat dei Daglöhners sünd, dei leeger waanen as Swiene, orer ob dat nu Klaas Klaasen is. Ick ward jug wat seggen: Grad so as Klaas Klaasen dat lütt Stück Acker nutzt hett, ward ick nu dei Wisch achter minen Gorden nutzen, dei Willem Pagel hürt." Willem griente gaudmödig: "Noch 'nen Mallen." Öwer Heini Holsten wier nu in sin Element. "Du wardst dat jo seihn, wat ick dau", seed hei. Sin Kopp wier binaa blaag anloopen. Un bevör Willem noch wat seggen künn, güng Heini Holsten weg.
Willem Pagel dacht sick nix wierer dorbi, öwer en poor Dage dornaa dacht hei doch werrer an Heini. Nu, in düssen Ogenblick seed Frierich Grabow: "Ick weit gornich, wat jug dat all an-

geiht. Ick bün ümmer noch min iegen Herr. Ick kann daun, wat ick will. Un dat segg ick jug: Dei beiden Gäus kriggt Klaas Klaasen dit Joor ook nich vun mi."
"Giezknuppen! Giezknuppen!" röpen miteins so an dei twindig Gören, dei all üm dei Groten rümstünnen un sick anhürt hadd, wat dei nu woll maaken deeden mit Klaas Klaasen un "lütt Korling".
Un "lütt Korling" stünn neeben Frierich Grabow sinen Fiete, hadd sinen Arm üm em leed un rööp: "Wi hewt uns all lang werrer verdraagen!"
"Sühst du woll", griente Willem Pagel, "dei Gören möten uns dat ierst wiesen, dat 'ne vullscheeten Büx dat nich wiert is, tau strieden. Un du, Frierich, wardst nu tau Klaas Klaasen gaan un em standepeede twei Gäus henbringen. Wi kaamen all mit."
"Öwer dei twei gröttsten", rööp Bodo Voß.
"Ick haal twei Buddeln Kööm", seed Borwin Dechow.
Un denn duerte dat nich mier lang, denn treckten sei all tausaamen öwer dei Dörpstraat na dei "Tein-Kinner-Kaat" vun Klaas Klaasen. Dat würden ümmer mier Lüd, je neeger sei an dei Kaat keemen. Un as sei dor wiern, wier dat nu woll all dat halwe Dörp. Un denn würd fiert. Blot dei Pastur dröhnte noch vun dei Kanzel daal. Un Heini Holsten... Ja, dei sett nu sinen Dickkopp up un plögte 'nen Stück vun dei Wisch üm. Un dat geew 'nen Naspill.

*

"Dat liggt jo woll in dei Luft", seed Willem Pagel tau Fritz Grabow, "hett nich Heini min Wisch ümplögt? Wat sall dat nu werrer? Ick kann doch nich taukieken, dat hei so mit min Iegentum verfürt? Nee, so geiht dat nich. Ick ward na Heini hengaan un mit em schnacken. Dat mööt hei trüchgängig maaken."
"En Wisch, dei ümplögt is, kannst du för lange Tied awschriewen, Willem. Un dat dau man ook. Du wardst dat all maaken. Vertürn du di man nich mit Heini. Hei is jo süßt 'nen ganz brukbooren Minschen."
Willem Pagel güng hen. Öwer hei künn Heini nich ümstimmen. "Tje", seed Willem taun Schlutt, "wenn du dat nich anners hebben wißt, mööt ick di eben verklaagen, Heini."
"Du mi? Ick ward di verklaagen, Willem Pagel", rööp Heini. "Du nutzt dei Wischen jo gornich. Un Bodden so braak liggen tau laaten, dat is Sünn'!"
"Na denn man tau", seed Willem argerlich un güng.
Dat duerte ook gornich lang, dor kreeg Willem 'ne Vörladung. Vun't Landgericht. Willem leeste dat Schriewen en poormal dörch un güng denn in'n Fleegenkroog. Dor dröp hei den Aftheiker. Un tausaamen beschnackten sei nu, wat do tau maaken wier. Veel keem dorbi nich rut. Blot twei besaapen Mannslüd, dei, as dat midden in dei Nacht wier, tämlich wackelig na Hus drawten.
Willem hadd, as hei up'n halwen Weg dei Kastanenallee daalgaan wier, miteins 'nen Infall. Hei keek na baben, as ob em dorbi noch mier Licht'

upgaan künn, öwer dor baben wier dat ook nich heller.
I, dacht Willem, dor hett doch einer seggt, dat dat dorup ankümmt, wer dei Richter sien ward? Un Trine Kreihhahn hadd kriescht: "Heini ward gewinnen, Willem, dat segg ick di. Worüm giwst du nich glieks na? Dei Richter is 'nen ganz Scharpen. Dei is noch vun dei ole Ort. Hei heit Dr. Peter Priemel. Ick hew em mal beleewt, as hei..."
Un denn fööl Willem ook noch in, dat dei Aftheiker seggt hadd: "Dat is 'nen unbesteeklichen Minschen, dei Landgerichtsrat."
Willem bleew staan. Hei hööl sick an 'nen Kastanenboom wiß; denn dei Mand dor baben twischen dei Boomkrunen griente em so hämisch an un suuste ümmer vun dei Sied na dei anner, so dat Willem Pagel ganz tüddelig in sinen Kopp würd. "I", seed hei tau sick, "dor hew ick jo noch gornich an dacht: Besteeken will ick em jo nich grad, öwer ick kann mi nich vörstelln, dat Dr. Prieter Premel - i - Dr. Peter Priemel wat gegen 'nen wacholderrökerten Schinken intauwennen hebben süll. Ick mööt noch eins trüch un mööt mit den Aftheiker schnacken."
Dormit wier dat 'ne beslaaten Saak. Willem dreihte üm. As hei bi dei Kark ankeem, stünn dor so wat achter en Boom un schuulte em üm den Stamm herüm an.
"He", seed Willem, "wat steihst du dor rüm? Worüm geihst du nich in't Beed, as sick dat för 'nen orrigen Christenminschen hürt?"
"Määäh", seed dat Ding dor achter den Boom.
"Aha", antwurt Willem, "du wißt mi woll up'n

Arm neemen? Du glöwst, ick hew tau swor laden? Un wenn - di geiht dat nix an!" Un dormit tumelte Willem op den Boom tau, rutschte ut un hööl sick an dat wiß, wat dor achter'n Boom stünn.
"Na, sowat", seed Willem, "dat is mal wat anners. Du büst jo woll Mudder Harms er Zeegenbuck. Woans kümmst du denn hierher?"
"Määäh", seed dei Zeegenbuck un slög achterrut.
"Töw", seed Willem, "ick will blot noch eins taun Aftheiker, denn bring ick di na Hus."
Willem neem den Strick, dei an'n Hals vun den Zeegenbuck hüng un treckte nu mit den Buck aw. So keemen sei beid na dei Aftheik. "Töw hier", seed Willem tau'n Zeegenbuck, "ick mööt noch ierstmal." Hei bünn den Zeegenbuck an den Klingeltoch, ünner dei "Nachtglocke" stünn, un tumelte öwer dei Straat an dei Karkhoffsmuer. Dei Zeegenbuck wull achter em an un reet nu an dei "Nachtglocke". Dat Bimmeln künn Willem dröben up dei anner Sied vun dei Straat hüren. Willem griente dömlich vör sick hen. Einmal seed hei: "Wißt du woll Rauh geewen, du ole Zeegenbuck", öwer dei tröck wierer.
Un denn keek dei Aftheiker Korl Klempin baben ut dat Finster öwer dei Döör. "Wer klingelt denn mitten in der Nacht, als ob ganz Wangelin krank geworden ist?"
"Määäh", seed dei Zeegenbuck.
"Na, töw", seed Korl Klempin, "ick ward di helpen, mi tau'n Narrn tau holen. Was ist das für ein Esel?"
"Määäh", meckerte dei Zeegenbuck. Un Willem,

dei dat vun dei anner Sied mit anhürt hadd, rööp öwer dei Straat: "Dei Esel bün ick."
"Willem", rööp dei Aftheiker, "siet wann heßt du denn so'n Zeegenbort? Un siet wann meckerst du midden in dei Nacht vör anner Lüd er Hus rüm, as wenn du tau'n küren leed wardst?"
"Du büst ümmer noch besaapen, Korl", rööp Willem, "dei Buck is 'nen Buck. Un ick bün hier an dei Karkhoffsmuer."
"Määäh", meckerte dei Zeegenbuck, so dat sick dat anhürte, as ünnerstreek hei dat.
Willem keem öwer dei Straat, bünn den Zeegenbuck vun den Klingeltoch los un frög: "Segg eins, Korl, wat is dei Amtsgerichtsrat för 'nen Kierl? Glöwst du, dat hei giern wacholderrökerten Schinken itt?"
"Büst du deshalw up den Zeegenbuck herreeden, üm mi dat tau fragen, Willem?"
"Segg du mi man, wat mit Priemel los is", griente Willem, "laat man den Zeegenbuck ut'n Spill, dei is mi blot tauloopen. Hei hürt Mudder Harms. Also, wat is?"
"Wenn du meinst, dat du Priemel 'nen Schinken schicken wißt, Willem, denn segg ick di: Laat dat na. Wenn du dat deihst, heßt du dinen Prozeß all gliek verluren. Priemel is unbesteeklich."
"Määäh", meckerte dei Zeegenbuck.
"Du hölst din Mul", seed Willem fünsch, "süßt laat ick di dei ganze Nacht hier vör dei Aftheik staan."
"Ünnerstaa di", schriegte dei Aftheiker, "neem dat Biest blot mit, süßt hew ick dei ganze Nacht kein Rauh!"
"Ick bring em na'n Preister", lachte Willem,

"denn kann dei sick jo mit em awargern."
"Wenn du mit'n Schinken winkst, Willem, dat segg ick di, denn föölt sick dei Landgerichtsrat beleidigt", seed dei Aftheiker, "un nu gaa slaapen. Dat is min letzt Wurt."
"Määäh", meckerte dei Zeegenbuck un stött Willem in dei Sied. Dat Finster öwer dei Aftheikdöör slöög tau. Willem neem den Strick un leed den Zeegenbuck üm dei Kark herüm na dat Pasturat. Dor geew dat ook en Bimmel mit 'nen Bimmeltoch. An dei bünn' Willem den Zeegenbuck an un maakte sick up'n Weg na sinen Hoff.
An'n annern Morgen packte Willem einen vun dei wacholderrökerten Schinken in en Linnendauk, haalte sick 'ne Packnadel un verneihte em so gaud, dat ook nich en inzig Brummer an em rankamen künn.
An' Enn' backte hei 'ne Adress up dat Linnen un packte dat versnört Packet up sinen Wagen. Un denn fürte hei los. Vör dei Döör vun Koopmann Gustav Hackborth hööl hei an un steeg aw. Willem neem den Schinken vun'n Wagen un güng in'n Laden rin.
Gustav hadd em all kaamen seihn un wunnerte sick.
"Morgen, Gustav", seed Willem, "ick hew hier wat, wat ick giern in 'ne Ort Karton packen wull. Heßt du wat Passendes?" Gustav schuulte na dat sacklinnen Packet. "Secker", seed hei, "wißt du dat mit dei Post verschicken?"
"Ja", seed Willem, "un dor süht dat jo ümmer en beeten vullstänniger ut, wenn dor wat rüm is."
"Ick haal di wat", seed Gustav un güng rut. Hei

keem denn ook glieks mit 'nen Karton werrer. "Giw mi dat man her", seed hei, "ick pack di dat all in. Ick hew ook glieks en beeten Holtwull mitbröcht, dei könen wi an dei Sieden rinsteeken." Willem seed: "Inpacken dau ik dat alleen", un börte den Schinken in den Karton. Gemeinsam stoppten sei denn dei Holtwull neeben den Schinken.
"Dat rükt so gaud", seed Gustav, "kann dat sien, dat du dor 'nen Schinken in heßt?"
"Dat kann sien", mummelte Willem, "heßt du ook noch 'ne Packetadress?"
"Doch", seed Gustav niegierig, "dei hew ick ook." Un denn schuulte Gustav, üm jo ook mittaukriegen, wohen Willem woll den Schinken schicken wull.
"Verrad' mi nich, Gustav, hürst du", seed Willem an Enn', neem dat fardige Packet un güng. Hei stellte dat Packet up'n Wagen un fürte dormit den Weg na Serrahn entlang. Hei wull na Krakow. Un dor wull hei dat Packet an Dr. Peter Priemel upgeewen.
Gustav Hackborth stünn achter't Finster un keek achter Willem an. Hei schürrt sinen Kopp un seed luud vör sick hen: "All verschieden. Wegg Richters laaten sick besteeken, un wegg nich." Un denn würd hei lebennig. Hei slöt den Laden aw un rönnte so fix, as hei künn, tau Heini Holsten. Ganz aan Luft keem hei bi em anpust.
"Heini", seed hei, "Willem hett den Landgerichtsrat 'nen Schinken schickt. Ick hew sülwst dat Packet taumaakt."
"Wat seggst du? Büst du ganz secker? Willem Pagel hett den Richter Priemel 'nen Schinken

schickt? Na, töw, wat hei kann, kann ick allemal. Ick ward em twei schicken!"
Un dat deed hei denn jo ook. Landgerichtsrat Priemel kreeg an einen Dag twei Schinken un den Dag dorvör hadd hei ook all einen kreegen.

Un denn keem dei Dag, an den dei Verhandlung wier.
In'n Gerichtssaal seeten Willem Pagel un Heini Holsten.
Dei Verhandlung wier tau Enn'. Heini seet dor mit'n hochroden Kopp. Hei verstünn dei Welt un den Gerichtsrat nich. Wat hadd hei dor grad seggt? Hadd hei richtig hürt?
Die Klage des Klägers ist abgewiesen? Kostenpflichtig ook noch? Heini schütt' sinen Kopp. Dat verstaa ick nich, dacht hei bi sick. Un denn hürte hei, as Priemel seed: "Begründung!" Un dorbi vertreckte hei sin Gesicht, as wenn em wat eklig wier. "Die Versuche des Klägers, mit gewichtigen Gründen..." - hei keek so öwer den Rand vun sin Penznee - "... so an die drei Schinken schwer...", schmeet hei so neebenbi hen, "... sind besonders verwerflich, weil der Kläger den Versuch unternahm, eine Amtsperson in moralischen Zwiespalt zu bringen. Die Verhandlung ist geschlossen."

Richter Priemel keek Heini naadinklich an. "Du kannst di dine drei Schinken bi mi tau Hus awhaalen, Heini Holsten."
"Twei", seed Heini ganz verstürt, "dat wiern blot twei."
"Drei", werrerhaalte Richter Priemel, "glöwst

du denn, ick kann nich mier bit drei tellen?"
"Doch, doch", stummelte Heini, "dat is man blot..." Heini swöög. Hei dreihte sin Gesicht na Willem rüm un keek em an, as wenn hei em upfreeten wull. Öwer Willem maakte en Gesicht, as wenn nu hei nich bit drei tellen künn. Wat süll Heini daun? Nix künn hei daun. Gornix. Hei dacht sick blot wat. Hei dacht: Willem hett sine Pooten dormang. Ick künn dorup swören. Mag dei Düwel weiten, as hei dat nu werrer henböögt hett.
Dei Düwel un Willem wüßten dat denn jo ook, dat Willem Pagel as Awsenner Heini Holstens Namen un Adress up dat Packet schreewen hadd. So bleewen dei Wischen bi Willem Pagel. Na ja, dat wier jo woll ook aan Gerichtsurteil kloor weest.

*

Dat Joor neegenteinhunnertachtuntwindig keem. Un dormit 'ne niege Geldkries. Un 'ne niege Rieksdagswaal. Un in Wangelin kundigte sick wat an, wat dei Minschen iernster kieken lööt. Dat füng an, as Martin Klempin, dei dei Utraaper wier in Wangelin, öwer dei Dörpstraat güng un bimmelte. Hei töwte aw, bit vör dei Hüser dei Lüd stünnen un denn füng hei an:
"Es wird hiermit bekanntgegeben", rööp hei, "daß heute abend im Fleegenkroog eine Versammlung stattfindet. Es wird Herr Dr. Hoppe sprechen. Der Versammlungsleiter ist Heini Holsten!"
"Wat", seeden dei Wangeliners, "Heini Holsten?

Dat is gaud! Dat warden wi uns anhürn!"
Dei Awend keem. Dr. Hoppe ut Rostock keem nich. Wat öwer denn keem, doröwer würd in Wangelin noch lang Tied lacht. Dor Heini nu allein vör dei Wangeliners stünn, müßt hei nu reeden, ob hei wull orer nich.
Dei Lüd röpen: "Heini, wat wull uns denn dei Dokter vertellen? Nu schnack du man, Heini. So gaud, as so'n Dokter, kannst du dat ook. Nu fang man an, Heini!"
Wat süll Heini Holsten maaken? Hei schmeet sick in Positur, güng up dat Rednerpult un füng denn jo ook an:
"Liebe Wangeliners", schriegte hei in'n Saal, "Ruhe", schriegte hei, "Dr. Hoppe wollte euch wat vertellen..."
"Schnack platt, Heini, dat verstaan wi beder", rööp einer.
"Dat is gaud", seed Heini un griente dömlich. Hei wischte sick den Schweit vun't Gesicht un füng werrer an. "Liebe Wangeliners", seed hei, "ji süllt hüt awend wat öwer dei 'niege Tied' tau hürn kriegen, nadem wi sit dat Kaiserriek twei Tieden hadd hewt, dei pleite maakt hewt: Dei Plutokratie in dat Kaiserriek un nu dei Demokratie, wo alle Lüd wat tau seggen hebben wullt."
"Wat is denn dei 'niege Tied', un wat is 'ne Plutokratie, Heini?" frögen dei Lüd.
"Ja", seed Heini, "wenn ji dat nich mal weit', denn kann ick jug ook nich helpen."
"So geiht dat nich, Heini", rööpen wegg, "du möst uns dat all verposematuckeln!"
"Also gaud", seed Heini, "ick ward jug dat an en Bispill klormaaken: 'ne Plutokratie is, wenn

einer allein taun Bispill 'nen Pierd hett un all dei annern hewt kein. Demokratie is, wenn noch en poor Lüd mier 'nen Pierd hewt. Un dei niege Tied is, wenn all Lüd 'nen Pierd hewt."
"Aha", rööp Willem Pagel, "denn lewen wi jo all in dei niege Tied, hier in Wangelin hewt wi all 'nen Pierd."
"Dat is doch blot 'nen Bispill, Willem", seed Heini, "du kannst jo ook för en Pierd 'nen Trekker neemen."
"Wat is dat nu werrer för'n Quatsch", rööp Fritz Grabow, "wat sölln wi denn mit soveel Treckers?"
"Laat man, Heini", seed Willem dor, "ick verstaa di all. Wenn du, tau'n Bispill, allein gegen Blitzslag versickert büst un awbrennst, un alle annern sünd nich versickert, denn is dat Plutokratie. Wenn noch en poor versickert sünd un sei brennen aw un alle annern nich, denn is dat Demokratie. Un wenn wi all awbrennen, denn is dat dei 'niege Tied'. Du sühst, dat wi di gaud verstaan hewt, Heini!"
Siet den Awend hadd Willem dat swor mit Heini. Heini hadd em dat bannig krumm naamen. Öwer so licht sick dat nu ook anhürt, so licht wier dat nich.
Bi dei Rieksdagswaal achtuntwindig kreeg dei niege Partei in Wangelin drei Stimmen. In'n Rieksdag keem sei mit twölf Angeordnete...
Heini Holsten wier bedrüppelt, denn dat wier em tau wenig.
Dei Baron vun Örtzen wier ook bedrüppelt. Em wiern dat tau veel. Willem Pagel ook. Un ook Fritz Grabow un den Aftheiker, den Pastur, dei

Wangelin

Buern un noch veele anner. Öwer dat weihte nu doch vun buten na Wangelin rin. Dor bruugte sick wat tausaamen, wat dei Lüd vun Wangelin nich uphollen künn.
Nu würd dat öwer Sommer. Dei Buern hadd tau daun. Er Welt wier dat Kurn, dei Röben, dei Tüffeln. Dat Heu un dat Veih. Er Welt wier Wangelin. Un so, dachten sei, ward dat ook bliewen. Laat dat man üm uns rüm störmen, Hauptsaak is, dat dat bi uns so bliwt, as dat is.

Dat deed dat öwer nich. Dei Welt verännerte sick werrer mal. Twindig Joor later blewen wegg vun dei Wangeliners dor, wegg güngen na'n Westen. Na Amerika, na Afrika, na Australien.

Wangelin liggt ümmer noch in Mecklenborg, midden mang dei Seen, dei lütten Barge un dei wieden Wälder vun Eiken, Böken, Barken un Fichten. -
Un dat sall so bliewen!

Aus unserem Verlagsprogramm

Elsa Peters: Sünnschien un Regen
96 Seiten, br., DM 7,80, ISBN 3-88089-000-5
„Dat sünd korte Geschichten, wo sik denn een so recht op dat plattdüütsche Land besinnen kann." Radio Bremen

Elsa Peters: Wo de Wind vun Westen weiht
96 Seiten, ill., br., DM 7,80, ISBN 3-88089-004-8
„Elsa Peters glücken ungemein eindrucksvolle Schilderungen ländlichen Lebens." Norddeutscher Rundfunk

Elsa Peters: Plattdüütsche Fabeln
64 Seiten, ill., br., DM 6,80, ISBN 3-88089-010-2
„Es handelt sich um sehr schöne Tierfabeln, die zudem mit Zeichnungen versehen sind, die zum Schmunzeln einladen."
Dithmarscher Rundschau

Elsa Peters: Wiehnachtstiet bi uns to Huus
64 Seiten, ill., br., DM 6,80, ISBN 3-88089-012-9
„An längst Verlorengegangenes und doch noch Vertrautes erinnert die niederdeutsche Schriftstellerin in ihren Betrachtungen zur Weihnachtszeit."
Schleswig-Holsteinische Landeszeitung

Elsa Peters: Grootvadder's Lüttenheid
64 Seiten, br., DM 6,80, ISBN 3-88089-023-4
„Liebevoll zeichnet (Elsa Peters) das Leben der Familie des jungen Baumeisters Hannis Kragge und seiner Frau Nanny. Auch die damaligen unsozialen Verhältnisse werden nicht ausgeklammert." Zeitschrift „Quickborn"

Elsa Peters: Dreih di ni um
64 Seiten, ill., br., DM 7,80, ISBN 3-88089-032-3
Aufmerksam hat Elsa Peters Vorgänge und Veränderungen in ihrer Umwelt beobachtet und gibt ihre Erfahrungen in kurzen, beeindruckenden Schilderungen wieder.

Hanns-Jörn Stender: Nix as Grappen
64 Seiten, br., ill., DM 7,80, ISBN 3-88089-018-8
„Meisterlich wird das Milieu des Kieler Arbeiterviertels „Dörp Goorn" der Vorkriegszeit geschildert." Husumer Nachrichten

Hanns-Jörn Stender: Is jo nix passeert
64 Seiten, ill., br., DM 7,80, ISBN 3-88089-033-1
Neue Geschichten von Schipper, dem kleinen krummbeinigen Bengel mit dem Silberblick und dem unerschöpflichen Vorrat an „Grappen".

Hellmut Matthiesen: De Fomilnbesitz
64 Seiten, ill., br., DM 6,80, ISBN 3-88089-022-6
„Die Problematik alter Menschen, die „op't Olendeel" gehen müssen, liegt dem niederdeutschen Autoren besonders am Herzen." Elmshorner Nachrichten

Andreas Schröder: Plattdüütsche Snacks un Döntjes
64 Seiten, ill., br., DM 6,80, ISBN 3-88089-011-0
„Ein besonders originelles Buch." Glückstedter Fortuna

Dat Leed vun de Herr Pastor sien Koh
260 Strophen, humorvoll illustriert
64 Seiten, ill., br., DM 4,80, ISBN 3-88089-002-1
„Der Band bereitet Freunden plattdeutschen Humors Vergnüge." Hamburger Abendblatt

Oskar Behrens: Büsumer Sagen und Döntjes
48 Seiten, br., ill., DM 4,80, ISBN 3-88089-001-3
„In amüsanter Form vermittelt Kurseelsorger Behrens, was er seinen Gästen im Rahmen von Teestunden erzählt."
Kieler Nachrichten

Hermann Glüsing: Dor warr ik mi um kümmern
Geb., 200 S., Fototeil, DM 12,80, ISBN 3-88089-007-2
„Glüsing schreibt geradeaus und ohne Hintergedanken und sagt, was er denkt – über sich und über die anderen."
Norddeutscher Rundfunk

Zu Besuch in der Tellingstedter Töpferei
72 Seiten, br., Fototeil, DM 7,80, ISBN 3-88089-016-1
Während unseres Besuchs in dieser Stätte traditionsreichen Handwerks erfahren wir Wissenswertes über den Ursprung, die Entwicklung und die Zukunft der Töpferei.

Zu Besuch in den Dithmarscher Museumswerkstätten
72 Seiten, br., Fototeil, DM 7,80, ISBN 3-88089-017-X
„Lebendige schleswig-holsteinische Geschichte und die Tradition der Weberkunst werden in diesem Band erläutert."
Bauernblatt

Peter K. Schaar: Haseldorfer Marsch
72 Seiten, br., 15 × 21 cm, DM 9,80, ISBN 3-88089-006-4
„Mit wenigen Strichen fängt Schaar die Atmosphäre der Haseldorfer Marsch ein. Die Liebe zum Land ist in den Motiven zu spüren."
Elmshorner Nachrichten

Jens Rusch zeichnet Büsum
64 Seiten, 17 × 21 cm, br., DM 9,80, ISBN 3-88089-005-6
„Der Band besticht durch seine großzügige Gestaltung."
Kieler Nachrichten

Jens Rusch: So funktioniert Dithmarschen
Handsigniert, gebunden, Schutzumschlag, 80 Seiten, 21 × 30 cm, DM 28,–, ISBN 3-88089-013-7
„Zeichnungen für die Freunde vertrackten Humors."
Zeitschrift „Pardon"

Jens Rusch: Schönes Dithmarschen
Postkartenbuch Folge 1, DM 6,80, ISBN 3-88089-028-5
Ein attraktives Bändchen mit 12 einzeln heraustrennbaren Postkarten, die Federzeichnungen zu Motiven der hiesigen Landschaft zeigen.

Kunstblätter I: Jens Rusch (Federzeichnungen)
Mappe mit 13 Drucken, DM 28,–, ISBN 3-88089-014-5
„Den Freunden der Dithmarscher Landschaft werden die Motive sehr vertraut sein."
Schleswig-Holstein

Kunstblätter II: Gertrud von Hassel
Mappe mit 13 Drucken, DM 19,80, ISBN 3-88089-020-X
Der Mensch und die Landschaft stehen im Mittelpunkt der Arbeiten aus den Jahren 1943 bis 1952.
„Der Druck ist hervorragend in der Qualität."
Radio Bremen

Kunstblätter III: Claus Vahle
Mappe mit 13 Drucken, DM 19,80, ISBN 3-88089-030-7
„Claus Vahle dringt tiefer als ein ‚Nur-Heimatmaler'. Seine Darstellungen sind beispielhaft für die künstlerische Kritik an falschem menschlichem Handeln." Elmshorner Nachrichten

Gertrud von Hassel
Gebunden, farb. Schutzumschlag, 96 Seiten, 21 × 30 cm, DM 39,80, ISBN 3-88089-021-8
Eine Werkschau der schleswig-holsteinischen Künstlerin mit 63 Abbildungen, 13 davon in Farbe.
„Ein eindrucksvoller Einblick in das Lebenswerk der Tappert-Schülerin." Norddeutsche Rundschau

Nis R. Nissen: Kaiserzeit auf dem Dorfe
Landleben Anno 1900 auf alten Fotos von Thomas Backens, Geb., 30 × 21 cm, Schutzumschlag, DM 29,80
ISBN 3-88089-027-7
„Die Motive, die Backens festhielt, sind von einer ungemein imponierenden, tiefen Aussagekraft und jetzt von Nis R. Nissen textlich lebendig aufbereitet worden."
Dithmarscher Rundschau

Wer ist denn bloß Anguilla?
40 Seiten, ill., br., DM 6,80, ISBN 3-88089-024-2
Dieses illustrierte Sachbuch für Kinder ab 8 Jahren schildert die Lebensgeschichte eines Aales.

Heiner Egge: Über die Straßen hinaus
48 Seiten, ill., br., DM 6,80, ISBN 3-88089-025-0
„Der Heider Heiner Egge wurde mit der Fördergabe des Georg-Mackensen-Literaturpreises ausgezeichnet. Hauptschauplatz seiner Reiseskizzen ist das Italien von der Toskana bis hin zum kargen Sizilien." Dithmarscher Landeszeitung

Dithmarscher Kunstkalender
Großformat, 13 Drucke
Jährlich erscheint der großformatige Kalender mit den schönsten Motiven eines Künstlers.

Preisänderungen vorbehalten.
Bitte Fordern Sie unseren ausführlichen Prospekt an.

Dithmarscher Presse-Dienst Verlag · Heide